Home *is where the heart is.*

生活·讀書·新知 三联书店

Home Chinese Home

回家真好

修订版

欧阳应霁 著

Simplified Chinese Copyright © 2018 by SDX Joint Publishing Company.
All Rights Reserved.
本作品简体中文版权由生活・读书・新知三联书店所有。
未经许可，不得翻印。

图书在版编目（CIP）数据

Home 书系 / 欧阳应霁著. —修订版. —北京：生活・读书・新知三联书店，2019.1
ISBN 978 – 7 – 108 – 06367 – 0

Ⅰ. ① H⋯　Ⅱ. ①欧⋯　Ⅲ. ①社会科学 – 文集
Ⅳ. ① C53

中国版本图书馆 CIP 数据核字（2018）第 202047 号

修订版总序 好奇再出发

他和她和他,从老远跑过来,笑着跟我腼腆地说:欧阳老师,我们是看你写的书长大的。

这究竟是怎么回事?一个不太愿意长大,也大概只能长大成这样的我,忽然落得个"儿孙满堂"的下场——年龄是个事实,我当然不介意,顺势做个鬼脸回应。

一不小心,跌跌撞撞走到现在,很少刻意回头看。人在行走,既不喜欢打着怀旧的旗号招摇,对恃老卖老的行为更是深感厌恶。世界这么大,未来未知这么多,人还是这么幼稚,有趣好玩多的是,急不可待向前看——

只不过,偶尔累了停停步,才惊觉当年的我胆大心细脸皮厚,意气风发,连续十年八载一口气把在各地奔走记录下来的种种日常生活实践内容,图文并茂地整理编排出版,有幸成为好些小朋友成长期间的参考读本,启发了大家一些想法,刺激影响了一些决定。

最没有资格也最怕成为导师的我,当年并没有计划和野心要完成些什么,只是凭着一种要把好东西跟好朋友分享的冲动——

先是青春浪游纪实《寻常放荡》,再来是现代家居生活实践笔记《两个人住》,记录华人家居空间设计创作和日常生活体验的《回家真好》和《梦·想家》,也有观察分析论述当代设计潮流的《设计私生活》和

《放大意大利》,及至入厨动手,在烹调过程中悟出生活味道的《半饱》《快煮慢食》《天真本色》,历时两年调研搜集家乡本地真味的《香港味道1》《香港味道2》,以及远近来回不同国家城市走访新朋旧友逛菜市、下厨房的《天生是饭人》……

一路走来,坏的瞬间忘掉,好的安然留下,生活中充满惊喜体验。或独自彳亍,或同行相伴,无所谓劳累,实在乐此不疲。

小朋友问,老师当年为什么会一路构思这一个又一个的生活写作(life style writing)出版项目?我怔住想了一下,其实,作为创作人,这不就是生活本身吗?

我相信旅行,同时恋家;我嘴馋贪食,同时紧张健康体态;我好高骛远,但也能草根接地气;我淡定温存,同时也狂躁暴烈——

跨过一道门,推开一扇窗,现实中的一件事连接起、引发出梦想中的一件事,点点连线成面——我们自认对生活有热爱有追求,对细节要通晓要讲究,一厢情愿地以为明天应该会更好的同时,终于发觉理想的明天不一定会来,所以大家都只好退一步活在当下,且匆匆忙忙喝一碗流行热卖的烫嘴的鸡汤,然后又发觉这真不是你我想要的那一杯茶——生活充满矛盾,现实不尽如人意,原来都得在把这当作一回事与不把这当作一回事的边沿上把持拿捏,或者放手。

小朋友再问，那究竟什么是生活写作？我想，这再说下去有点像职业辅导了。但说真的，在计较怎样写、写什么之前，倒真的要问一下自己，一直以来究竟有没有好好过生活？过的是理想的生活还是虚假的生活？

人生享乐，看来理所当然，但为了这享乐要付出的代价和责任，倒没有多少人乐意承担。贪新忘旧，勉强也能理解，但其实面前新的旧的加起来哪怕再乘以十，论质论量都很一般，更叫人难过的是原来处身之地的选择越来越单调贫乏。眼见处处闹哄，人人浮躁，事事投机，大环境如此不济，哪来交流冲击、兼收并蓄？何来可持续的创意育成？理想的生活原来也就是虚假的生活。

作为写作人，因为要与时并进，无论自称内容供应者也好，关键意见领袖（KOL）或者网红大V也好，因为种种众所周知的原因，在记录铺排写作编辑的过程中，描龙绘凤，加盐加醋，事实已经不是事实，骗了人已经可耻，骗了自己更加可悲。

所以思前想后，在并没有更好的应对方法之前，生活得继续——写作这回事，还是得先歇歇。

一别几年，其间主动换了一些创作表达呈现的形式和方法，目的是有朝一日可以再出发的话，能够有一些新的观点、角度和工作技巧。纪录片《原味》五辑，在任长箴老师的亲力策划和执导下,拍摄团队用视频记录了北京郊区好几种食材的原生态生长环境现状,在优酷土豆视频网站播放。《成都厨房》十段,与年轻摄制团队和音乐人合作,用放飞的调性和节奏写下我对成都和厨房的观感,在二〇一六年威尼斯建筑双年展现场首播。《年味有Fun》是一连十集于春节期间在腾讯视频播放的综艺真人秀,与演艺圈朋友回到各自家乡探亲,寻年味话家常。还有与唯品生活电商平台合作的《不时不食》节令食谱视频,短小精悍,每周两次播放。而音频节目《半饱真好》亦每周两回通过荔枝FM频道在电波中跟大家来往,仿佛是我当年大学毕业后进入广播电台长达十年工作生活的一次隔代延伸。

音频节目和视频纪录片以外,在北京星空间画廊设立"半饱厨房",先后筹划"春分"煎饼馃子宴、"密林"私宴、"我混酱"周年宴,还有在南京四方美术馆开幕的"南京小吃宴",银川当代美术馆的"蓝色西北宴",北京长城脚下公社竹屋的"古今热·自然凉"小暑纳凉宴。

同时,我在香港PMQ元创方筹建营运有"味道图书馆"(Taste Library),把多年私藏的数千册饮食文化书刊向大众公开,结合专业厨房中各种饮食相关内容的集体交流分享活动,多年梦想终于实现。

几年来未敢怠惰,种种跨界实践尝试,于我来说其实都是写作的延伸,只希望为大家提供更多元更直接的饮食文化"阅读"体验。

如是边做边学，无论是跟创意园区、文化机构还是商业单位合作，都有对体验内容和创作形式的各种讨论、争辩、协调，比一己放肆的写作模式来得复杂，也更加踏实。

因此，也更能看清所谓"新媒体""自媒体"，得看你对本来就存在的内容有没有新的理解和演绎，有没有自主自在的观点与角度。所谓莫忘"初心"，也得看你本初是否天真，用的是什么心。至于都被大家说滥了的"匠心"和"匠人精神"，如果发觉自己根本就不是也不想做一个匠人，又或者这个社会根本就成就不了匠人匠心，那瞎谈什么精神？！尽眼望去，生活中太多假象，大家又喜好包装，到最后连自己需要什么不需要什么，喜欢什么不喜欢什么都不太清楚，这又该是谁的责任？！

跟合作多年的老东家三联书店的并不老的副总编谈起在这里从二〇〇三年开始陆续出版的一连十多本"Home"系列丛书，觉得是时候该做修订、再版发行了。

作为著作者，我很清楚地知道自己在此刻根本没可能写出当年的这好些文章，得直面自己一路以来的进退变化，但同时也对新旧读者会在此时如何看待这一系列作品颇感兴趣。在对"阅读"的形式和方法有更多层次的理解和演绎,对"写作"有更多的技术要求和发挥可能性的今天,"古老"的纸本形式出版物是否可以因为在不同场景中完成阅读,而带来新的感官体验?这个体验又是否可以进一步成为更丰富多元的创作本身?这是既是作者又是读者的我的一个天大的好奇。

作为天生射手,自知这辈子根本没有真正可以停下来的一天。我将带着好奇再出发,怀抱悲观的积极上路——重新启动的"写作"计划应该不再是一种个人思路纠缠和自我感觉满足,现实的不堪刺激起奋然格斗的心力,拳来脚往其实是真正的交流沟通。

应霁
二〇一八年四月

序　家是心之所安

好像已经很久没有回家了——

应该是有家可归的我,不知道从哪一天开始相信了四海为家的漂泊的美丽,开始了家在背包里的日常生活,早晚赶车赶船,偶尔因为误点被迫睡在某机场某个只有门没有窗的小房间,不知日夜。然而飞来飞去并不累,因为始终有种冀盼、有个目的;抵步着陆脚踏实地推门进去,面前是一众精彩的朋友以及他们厉害的家。

离家出走为了走进别人家里,是刻意给自己开的玩笑吧。太清楚自己会在自家舒适的家居环境里耽于逸乐慵懒,所以大胆"解散"自己的家,去认识了解别家的面貌和可能。

新朋旧友,海峡两岸暨香港,同一天空下的当代中国人,有着种种有同有异的家居风景。每一回造访的经验都是兴奋愉快的;有意想不到的话题,有眼前一亮的发现,每个家都是一种创作,有的轻描淡写、素净优雅,有的粗犷挥洒、磊落大气,一个花了心思和时间为自己仔细构建的家居生活空间,其实就是设计者自己。

曾经不自量力地跑回学校,企图从学术的、理论的角度与逻辑去研究分析"家"这个大题目,可是自开课第一天起,就发觉没法安静坐下来好好做学问。也正因如此,就有借口去做田野调查,开始了这数年来未间断的家访动作——在他的家里喝了一瓶很好的红酒，在她的书柜里看到一张叫人动容的照片，跟他聊起他画的画他忽然哭了，她兴高采烈地骄傲地展示那满院的缤纷……每个人都是家的专家，因为有执着、有付出，有悲有喜，因为都认真地热爱生活。

家是一铺床，一张沙发，一盏灯；家是一个布偶，一张照片，一个水杯。家是空间格局的安排、光影气氛的调协，家是人和人的关系，家是身体的归宿、精神的寄托，纵使你认定家在温暖室内，我依然偏执认为家在曲折路上，说到底，家是心之所安，心安理得，大家应该快乐。

好像已经很久没有回家，又好像一直都在家里。

应霁

二〇〇二年十一月

目录

Contents

5　修订版总序　好奇再出发

11　序　家是心之所安

16　微笑拈花

24　居于原始

32　历史在活

40　城市山林

48　天大地大

56　时空极乐

64　酒醒何处

72　粗犷温柔

80　轻重冷热

88　始终简约

96	完美下放
104	闲得任性
112	好好生活
120	寻常日子
128	莫忘莫失
136	厨房舞台
144	乡土来去
152	后记

微笑拈花

忽然有个冲动,我要记下面前看见的种种开得灿烂的,或是将开未开的繁花的名字——

这是天竺葵、凤仙花,粉红的是鸟兰杜鹃,这边是小绣球、细叶杜鹃、牵牛花,这一株是樱花,这是蒲葵,还有那边是白花天堂鸟、文竹和羽竹,过来看,这小盆里的是薄荷,是薰衣草……

栽花要用心,是生活理念的实践

  李慧秋微笑着,缓缓地引领我这个有点贪心急躁的访客,走进这六年来在她的悉心栽培经营下叫路过朋友都惊讶羡慕的自家花园,不要焦急,花呀草呀都好好地在,端上沏好的茶,还有一盘鲜嫩娇红的小番茄,我们在花园里桂花树下,趁阳光还好,坐坐聊聊天——

  哎,有蚊子,我这个最诱蚊的热血中年,不到一会儿就抚擦着红红肿肿的双臂,苦笑央求要进屋内。当然我知道,有花有草就有蚊子,是自然不过的事,正如刚才慧秋告诉我,她最近患的一场小感冒,想不到有几天病得累得不能出门,该病的时候也得好好地病一场,她坦然地说,病了,就更有借口静静地待在家里。

有容乃大

  能够安静地待在这栋素雅洁净的两层小房子里,相信是每一个来访的友人打心底里愿意的。我跟慧秋说我尝试不贪心,只想常常有空过来喝茶、烧菜做饭。天母巷弄里兜兜转转,走罢小坡路拾级而上,竟然有叫人惊喜的这一幢三十多年楼龄的老房子,洗石子外墙,小花园工工整整。慧秋搬进来的时候,园内只有一棵桂花树,是她一手把钟爱的各种植物,花了不知多少精神时间慢慢地重新栽培起

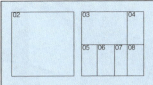

02. 有缘住进小小的二层楼，空间的运用就必须更灵活有趣
03. 相对花园的活泼热闹，进门后最能体会宁静优雅
04. 一身干净利落，言谈间既温柔细致又硬朗爽直，李慧秋很清楚她过去的、现在的以及未来的一步一步
05. 案头面前静下来好好研读经卷，思索感受
06. 爱这里挑高的楼底，工作室里想象纵横无阻
07. 选择灯饰就像选择雕塑一样，造型、材质都得好好考量
08. 花开灿烂，喜乐何止一刹

来。花园露天放了好些木头旧桌椅，日晒雨淋已经成为"植物"景观的一部分。

　　进屋的门前加添了红砖的隔屏，先来一点隐蔽，进门后一室素白的墙、门和窗框，更叫人舒服欢喜。把原来老房子几处封闭的空间稍做修改。现在的一楼一端是工作室，另一端是厨房和饭厅，二楼是起居客厅、卧室和卫浴间。房子不大，沿墙的矮柜、窗台和走道上都整齐有序地放了不少书画、佛经佛像，盆栽、干花草和家居日常器物亲密地在一起，格外温暖。加上从早到晚，阳光都会在这幢坐北朝南的房子里神奇地游走，种种投射的光线更叫这空间画面丰富多变，俨如一个室内的光影花园。

　　二楼的小小阳台上可俯视可远望，令我更立体地感受花树环绕的愉悦，原来在闹市中要觅得要守住这一方净土，也不是一种幻想。楼上起居空间是席地而坐、抱膝谈心的好地方，挚友相赠的书画收藏陈设，叫这里流溢着美好的感情回忆。卧室中大量布料的巧妙配搭运用，自然呈现女性的细致温柔，而卫浴间选的水泥灰墙、素白墙身及原木细部组件的结合，却又表现了慧秋干净利落的爽快性情。

　　似乎不必多问慧秋为什么这里会

放一盆花那里会挂一幅画,因为她的家里面都叫人舒服自然,仿佛从来就是这样,本就应该如此,这是任何一本所谓室内设计入门的专著都无法尽说清楚的。

人来人往

想起初次认识慧秋,原来已经是许多年前的事。探访过她的旧居,寻常社区巷里口也是有一个意想不到的小花园,屋内铺的是典型乡下用的红砖,一室也是清清爽爽,养着不少兰花,分外典雅。

生活本来就是一种累积,打从当年的艺术学院国画系毕业,慧秋先后经营过民艺品店、古董店、画廊画室、餐厅,然后正式涉足室内设计专业。看来身份是不断地转换,但其实一直都没有离开踏实的生活,一直关心的都是身边来来往往的人。

经营一个店,最重要的是怎样和走进来的陌生的和熟悉的"顾客"成为朋友,有沟通有互动,让大家都了解都认同你的选择、你的看法。经营画廊画室,都希望大家能够在一个艺术的氛围里更肯定自己对生活对美的追求。经营一个餐厅,就是要让进来的人都吃得好吃得饱(而且又便宜)!尤其后来从事室内设计,处理的更是

09. 二楼的起居室,席地而坐促膝谈心
10. 刷白的窗框,髹白的窗台储物柜,让心爱的植物好好成为主角
11. 通往二楼的楼梯间小空间,陈设了学佛途上的一些收藏
12. 洁净身心的空间从物料到颜色到环境氛围都得细致配合
13. 卧室的素净磊落,完全体现主人对生活的理解、对自己的要求

人的日常生活空间的规划应用以及生活素质的提高。慧秋笑说自己就像个诊断师,每次都花很多很多时间仔细了解人家的为人、性格、生活习惯,真正互相认识交心,也只有通过这样的过程,才能真正为对方着想,设计出真正适合人家生活的空间细节。多年下来很多客户朋友也就变成家人一般亲密,同步学习如何生活是一件最叫人愉快的事。

随缘生活

做人的满足来自能够帮助人。慧秋从来都这样理解自己的生活、工作,或者说,事业。也正因如此,日常的取舍选择也有了目标和方向。在乎的介意的甚至不是花园的花长得好不好看,墙刷得白不白,橱柜里的杯盘碗碟是否配衬成套——能够有要求有水准自然好,但一切也是随缘,也能收能放,也不必执着。没有了我执才能更为他人着想,更能完成帮助人的事业。慧秋近年有缘学佛,开始尝试把日常生活的一些行为细节结合到佛理层次来思考,为的是一切自然有如呼吸:在这素净的小屋里我们有幸呼吸到桂花的香气,身边有阳光的四时舞动,生命是如此美好有趣,我们怎能不好好感激、尊重。

餐厅接连厨房,常常是家里最热闹的地方

感性花园

从来没有像这趟被一个小小花园感动过,是因为那晚春的生气蓬勃的各种的绿?是因为雨后氤氲水汽的包围萦绕?是因为那沁人心脾的花香草香?我想是因为倾注在这园子以及屋里的各种植物上的心血与时间,以及其重重叠叠的象征意义,最叫人感动。

不想简单地就把慧秋称作一个爱花惜花之人,因为爱花惜花都是可以用钱买的。我愿意称她为栽花人,因为栽花有付出有努力,也得承担花开得不好,有暴风雨有虫害的失望痛心,当然,眼见花开灿烂,这就是一般路过的人不能感受到的喜乐。

15. 花园一隅,是露天喝茶闲聊的好角落
16. 栽花人自有栽花的快活
17. 理性的计划,感性的生活,求的是持续的和谐平衡
18. 楼高两层的小公寓,洗石子外墙,失修花园的重新铺置石地,也悉心栽培各式植物

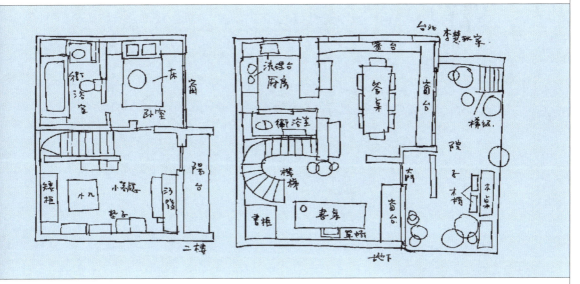

母性厨房

最爱到朋友家烧菜做饭,兴致高的时候主动下厨逞强,累的懒的时候就乖乖地等主人心情好,准备就绪。来来来,吃点喝点简单东西,慧秋如是说。

把厨房安排在家里一个重要位置,我想是慧秋的一个母性的选择。把餐厅跟厨房连在一起,就更加是"早有预谋"的一个快乐主意。

好几回在她家吃的便餐,都是有机食物的健康配搭。这当然也是她的明白不过的生活态度:从自己的身体小宇宙到外在大世界,里里外外都得争取自然平衡协调配合,如此生活,才有趣。

19. 天黑天亮,家里都需要一个快乐厨房
20. 开放式厨房重视器物安排摆放的秩序

居于原始

走进刘正刚在北京城郊草场地的家,很直接,脑海里出现的是"原始"两个字。

原,始,原始,可以是分别两个独立的字,也可以是联结在一起的一个词。原原本本的,没有保留的,一切就在眼前,之前听闻的传说的,此时此刻真正认识真正体验,一切刚开始。

挑高达四米的工作室，天马行空的创作空间

自在的原始

不乱兜圈不搞神秘,星期天早上九点钟,室外零摄氏度叫人十分清醒,室内该暖和一点点,阳光开始从门侧大窗投射进来,干净明亮。

刘正刚是艺术家,是建筑设计师,是一个十分安静、十分原始的人。蓄着山羊胡子的他,并非原始如北京猿人来自周口店,他的老家在甘肃兰州。面前我站立之处也不是洞穴入口,虽然我觉得他对那古远的荒山深处的原始人的穴居野处肯定有好奇有想象。

他自己设计自己统筹建筑的房子,当然也由他自己包办室内的设计规划,完全完整的,就是他的美学标准、他的艺术观、他的生活态度。走进来,在这个偌大的家居空间里开始分分寸寸地凝视,桩桩件件地浏览,一如阅读他的掌纹。

面前出现的是偌大的一个空间,一般人就会简单地把它叫作仓库了。空空荡荡的正中有一张厚重底座却又疏织着天然纤维面板的榻床,几把传统官帽椅就在两侧,再过去是一组方桌配藤椅、一个修长的榉木衣橱,另一端平头矮案上放影音设备,也许我们可以把这个空间称作客厅。客厅的右侧有一个坦荡得可以的厨房,墙

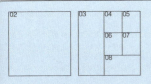

02			
	03	04	05
		06	07
		08	

02. 自行设计营造的房子，实现了理想建筑了梦
03. 房间里的古代压经文石，天然纹理各自有生命历史
04. 进门处的落地大窗是客厅自然光源所在，阳光充沛，一室明亮
05. 安静从容的刘正刚在跟爱犬玩耍的时候最轻松活泼
06. 明式家具的精巧简洁，启发了当今重返简约的思考
07. 高近三米的客厅楼底，无论留有砖面或是经过批荡的墙身一概刷白，水泥地只刷清漆，素净颜色接近心目中的本源
08. 抽象的艺术概念落实到日常的作息生活，考验的是修养和功力

壁上铺的小方格瓷砖井然有序像描图纸，自有一种规律。

长长客厅的终端进去是更开阔的工作室，四米多高，贴墙倚放的是刘正刚自家的色彩创作，夹榫头书案上整齐地叠放着参考书刊，档案柜拉开原来都是丰富的古物藏品，主动给自己安排得如此空旷，创作时候就更无拘无束、自由自在。

捧着刚煮好的香浓的咖啡，正刚跟我们再上一层楼。楼梯靠着大门不远，清水混凝土简单不过一如工地未完成，墙身整幅是粗拙质朴的红砖，阳光投影在上面缓慢游移，出奇地好看。

上楼眼前再一亮，如人高的绿树盆栽旁边是藤编躺椅，安逸愉快。通过走廊内进，先后是计算机工作室和客人卧室，一样的干净利落。刷白的四壁，清漆的水泥地，压经文的古老石板一列如装置，自家设计的可轻易拆运的造型简洁木板卧床，两把藤编的木椅以质感摄人，就是这样，没有任何多余的累赘的。

最后也最叫人驻足的，是这里的主人卧室。经过走廊的另一组档案柜，步上几级楼梯，推门进去面前是完全空旷的一个空间，右边一列十个窗是自然光源，正面墙边一铺床、一盏地灯、一张地毯，如此而已，简单却震撼。能够为自己争取这个空间，能够近乎奢侈把一切减至极限，其

09. 开放式厨房是最功能性的安排，浮水花瓣是偶然的惊艳
10. 家中的古文物收藏，不经意却很到位
11. 通往二楼的楼梯间，一整片墙就让红砖以原始质感外露
12. 晕黄的灯光照在古老石雕上，散发浓厚历史光华
13. 走廊通道的一组档案柜，结实有力显示储物功能的同时也成为装置的一种
14 - 17. 承先启后继往开来，细味身边收藏，阅读古今智慧，吸收消化发扬光大，作为一个艺术创作者，刘正刚早已胸有成竹
18. 眼前一亮是不一样的优雅和闲逸

实也是用行动及实践验证了一个事实，在卧室里睡过去醒过来，我们需要的也的确就是一铺床、一盏灯。

简约非时尚

时尚流行简约：黑，白，灰，以及那深浅厚薄冷暖不一的泥土色、植物色，线条利落的形体，不加打磨的材质。这种简约从平淡实在的开始，久经业界和媒体反复炒作，已经变成商业营运行销的某一种较有胜算的手法，为一众在潮流游戏中迷惘浮沉的消费者，提供一条简易的出路，稍稍抚平大家的志忑。

生活在桩桩件件商业挂帅的今天，身处其中的我们如何能够保持清醒？如何自觉使自己的追求和喜好多一点个人的私密的体会？这大抵也不必强求自己跟旁人一定有什么很大的不同，也许可以互相参照鼓励，一同向一个理想境界前行。身边正刚这个态度明白、理念清晰的家，很能感受到他与身边理想伙伴如何以身作则，把艺术理念融合到日常生活中，活在自己创作的空间、颜色、形体、材质和气氛当中。这种坚持、这种执着，也就是向自己以及来者反复提出一个最简单也最复杂的问题：我们需要怎样的生活？

　　或者可以问得更直接：你喜欢这样空荡荡吗？冬天会不会太冷？从这一端走到那一端会累吗？打扫会困难吗？可以请朋友来开舞会吗？可以在客厅打球吗？尽量提出问题，肯定每个人也有不同的答案，生活才活泼才有趣，所谓简约才不会又变成严肃的刻板的教条公式，简约的精神在于返璞归真之后为自己争取到最大的弹性和可能性，这里贴近原始的空间，就有了精神上和实际上的作用和意义。

　　偌大的空间，置放着最实际的功能的生活必需品，也陈列了最触动心灵的古老木家具，宋白石桥柱，北齐的佛身，红山文化时期的打制磨制石器、细泥彩陶和划纹粗陶，这些先民的生活中的精神上的智慧结晶，正好就为活在今世的我们做了必要提点参照：从当年到今日，人是如此渺小也如此伟大，我们是在进步还是退步？物质越来越丰富换来的为什么是精神越来越贫乏？这里是个生活的空间，也是个思考的空间。

　　原，是源的古字，溯流而上，我们总希望找到万事万物之始。在这个思考寻觅的过程中，我们工作我们玩乐，我们在生活中有弃有取，发现未知创造有限无限空间，居于原始，相信刘正刚最懂得当中的快乐。

开放的空间,让思绪自由流动

一床走天涯

有点难开口叫正刚选一件家里的最爱,因为知道这么准确严格的他早已经千删万选,室内处处种种都有细密心思。后来走进卧室看到他自己设计的一铺红松木的床,其实也就是几块木板靠底座的榫卯锁定成形,随时装拆搬动,颇有一床走天下、四海为家的意味。

尝试把大床挪移一下,嘿,现实也挺沉重的。

20. 并不为震撼而震撼,主人卧室是简约理念的极致
21. 见微知著,生活细节中就连一盏台灯的选择也透露着喜好与坚持
22. 最简单的一铺床有最巧妙的榫卯,装拆自如

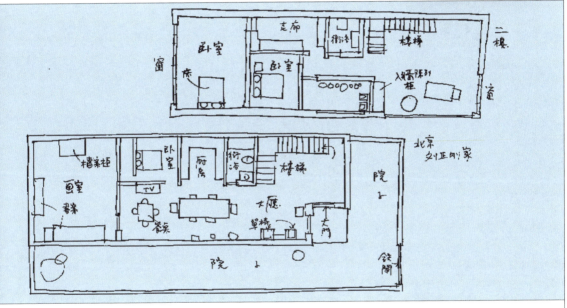

是真是假

走进正刚的家处处惊叹,觉得自己像是碰上心仪偶像而欣喜若狂,因此在他收藏在档案柜里的红山文化石器面前,拎起那些用作狩猎武器的灰灰绿绿的打磨粗糙的小三角石头,我竟然问他,这么多的小玩意儿,你在不在意是真是假?

恐怕他也给我弄糊涂了,他笑着(也其实一脸正经地)回答说,真与假永远有原则分别,值得收藏的当然都是真的,真在它们都是合理性的当年的工具,假的仿制的完全就是一个功利性的赝品,形色再似也没有意义。我忽地有所悟,即使简约,也有真有假。

23 + 24. 档案柜也就是藏宝阁,红山石器文物是先民生活应用工具

历史在活

如果把眼前所见的叫作怀旧,如果把台头墙角的细物定断为古董,也未免太小看了林仲强(Gary)这么多年来的一种累积——刻意刁钻也好,随手肆意也好,他的目的是在这个二十八平方米不到的空间里为自己找到一个历史位置。

留给自己一铺素净的床,这并非一个随意的偶然的选择

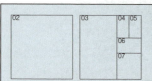

02. 进门一目了然，简单清楚，实在不过
03. 难得有午后阳光来串门，趁有阳光也把这里桩桩件件看得更清楚
04. 窗边的一面镜其实也是一扇窗，里面的世界说不定更清楚
05. 努力构建一个属于自己的空间，等同用心整理自己纵横的思绪
06. 斑斑驳驳是他追求的一种生活的质感
07. 空间极小，起居生活安排得却是格外细致周到

破旧原则

　　说到历史，我们都嘻嘻哈哈地说太沉重了吧。可是他独居的这一栋小楼房，正是挤在香港最古老的一区：上环太平山区。人烟稠密的这里，远在一八九四年是黑死病的原爆点。当年五月鼠疫横行，一下子夺去了这里四百多人的性命，以致当年港督罗便臣下令把太平山区封闭，区内民居亦遭全数拆毁，改辟成卜公花园。Gary床头的一扇窗，正正就望得到这闹市当中一小方满载历史的绿。

　　好几年前初访Gary从美国念完书回来的第一个家，也是同在中环旧区另一条街一幢"二战"前旧楼天台上的一间潜建屋。推门进去就像时光倒流，而且不是电影布景那种刻意怀旧的单薄，红砖地、印花布帘、古老窗框、手工木板书架，一切都在日常中呼应着。暗黑的夜里亮一盏昏黄的灯，熟悉又陌生的粤语长片年代的氛围。几年后他搬到这里，我故意挑一个午后探访，进门依然惊讶折服，家是搬了，那种历史环境气氛却没有变，主要家具结构还是一样，新添了弄得旧旧的临窗的床，灰灰黑黑的地板就用水泥混着颜料铺开，自家刷的几面干橄榄绿色的墙已经开始剥落，天花板是褪了色的豆沙颜色，最轻最亮是那一床的白棉布被。没有变吗？其实又怎会没有变。

　　坐在床沿，喝着玻璃小瓶可乐，Gary坦言他只有在这些看来破破旧

旧的老区与住房里才真正自在舒服。新厦千万,总就是千篇一律总叫他迷路,反是旧区的街头巷尾都有独特个性,都会刺激起他的联想:这里从前住的什么人?这把捡来的椅子是谁坐过的?甚至谈起这一区的猛鬼他也是兴致勃勃的。"旧楼的墙的确比较厚。"Gary 做了蛮有意思的这个结论。

细心往事

也许就正因为香港社会集体历史感的薄弱,Gary 就更主动争取拥抱历史,哪怕只是私家个人的一点感觉——绿的墙是外婆家中的那个记忆中的绿,窗框一定要是铁框,一定要有弯弯把手,万万不能是铝质的轻薄。从旧货店用极便宜价钱买来的政府办公室的结实单椅,插在镜边的一把广东葵扇,一对学生送的粗拙的石湾陶公鸡,还有那出处未明的油灯,那大小相叠的古老药柜……构成这个充满回忆的气氛环境的桩桩件件,不是纯粹装饰摆设,却都用在日常生活里,连地球仪也都是一盏可以亮起来的灯,提醒你外面的世界实在精彩。

当一个人从细物开始留意自己的取舍选择,也这么仔细规划每一个结构细节,这就是知觉到要为自己寻找一个位置身份。在这个功利的、仓促的、轻浮的社会里,对 Gary 和他的同道来说,家,是最后的一个阵地。

独来独往

　　从美国念完书回到香港,在设计学系教授艺术史、设计史和电影文化研究,一转眼已经是七八年。谈到这些年来有没有回想自己的成绩,Gary自觉选择了教学绝对无悔。作为一个教育工作者,如果能使学生们开窍是他致力不懈的。当学校的教室空间条件不好,他就主动邀约学生在外面边走边看,也可以回家喝茶喝点酒,而他最近在香港大学比较文学系修读的文化研究课程,也常常和同学一道在家里谈天备课。家,可以是个暂时的、开放的、分享的空间,但Gary很清楚自己其实独来独往。

　　出门旅行,他会选择独个儿游荡,看到的感受到的都格外深刻。独居家中,可以一言不发地就在床前呆坐半个小时,不需跟谁解释为什么,他确切地知道自己需要这样的休息空间和时间。

　　一个在课堂讲授传意沟通的,发觉沟通其实并非必须必然,更不应变作日常例行公事,也许各有沟不沟通的选择,大家会更珍惜能够交流分享的机会吧。

我父我子

　　窗外天色开始暗下来,我们却在这个小小室内谈得兴起。我突然发觉一直浮在空气中的上世纪八十年代美

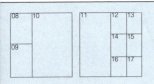

08. 学生送来的两只陶瓷公鸡替他守住流理台一角
09. 连电话机也是一个古老的选择,与世界有一个不一样的沟通
10. 这个爱书的人同时爱下厨,小小的厨房五脏俱全
11. 古老的药柜拉出抽屉藏好生活的琐碎
12. 藏身书架最上层的石膏雕像,是青葱学生时代的纪念
13. 随身的旧烟斗,有的是私家回忆
14. 夜悄悄来袭,室外室内都有一番不同景象
15. 久违了的魔方不是潮流已成往事
16. 想起某个夏天的夜晚,想起一起乘凉的外婆外公⋯⋯
17. 留一瓶经典瓶装可乐,与历史沟通?

国乐队 Breeder 的乐曲早已停了,话题一转问到影响他最深的一部电影、一个歌手,又或者一个艺术家究竟是谁。

Gary 思索了好一会儿,望着我认真地一字一句:"我想,影响我最深的恐怕是我父亲——"

娓娓道来,Gary 口中的父亲是个十分独立、十分自我的人,早期香港那种白手兴家、十分有文人素养的商人。Gary 作为家中的老幺,其实一直在家里只有听父母兄姐谈话的份儿,自己从来插不上嘴。也偏是这样,倒从旁观察了很多。父亲常常有那种要大家自力更生无须依赖的论调,很疏离很不像一家之长,而最后也选择了离开家庭。Gary 在处理自己跟父亲的爱恨关系的同时,察觉父亲这种不为任何责任而存活的似佛似道的观念,竟然深刻地影响到他的做人处事态度方法。

从过去在美国的一段无疾而终的恋情到如今满意地独居,他一次又一次地认定了自己将要走的路、将要发生的故事——究竟是刻意去美化了维护了父亲形象,还是潜意识里以儿子身份承传了家族中某些独特的质素?此时此刻其实说不清楚,只是在这看来留住了某段时光的家里,Gary 没有固步停留,尽情肆意让思绪纵横,让自家历史不断衍生演化。一切都因此活起来,而且活得很好。

脚踏一片怎么样的实地，他绝对重视紧张

分秒矛盾

小小一室，时间特别多。

时间在那随手脱下来的腕表里，在那画了稚拙蹩脚图案的时钟内，还在那好几个走得有快有慢甚至是停摆了的床头闹钟内。随时提醒自己时间是一分一秒地过，又不想时间就这样溜走，又拿它没法，正如要接受墙上的漆自动一点一点地剥落。

在时间的长河里，钟和表成了灵媒，提点了我们一点什么，想象力丰富如 Gary，大抵也通过钟和表，与遥远的过去和未来的不可知，做可能与不可能的沟通。

19 + 20. 钟表处处提醒的是不慌不忙
21. 这里那里总有大大小小的钟表，或在动的或停了的，已经成了一个象征

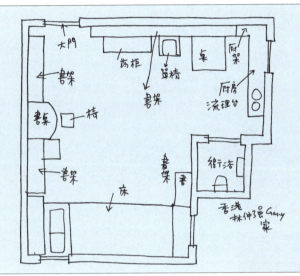

光之痕迹

相对于时间，光，好像比较具体比较亲近。

看得见，无论是油灯的那一小点摇曳的火光，细细长长一截蜡烛的一点烛光，古老壁灯那一个便宜的灯泡发的光，又或者是地球仪变身成的一盏奇怪的灯，有光，就有世界，就有环境，就有一切可能发生的事。

不要忘了，还有肆无忌惮的阳光，无论如何也找个机会钻进来，洒满一地，切割出奇异光影图案形状，而且悄悄地留下了痕迹，含蓄细致，只给有心人看见。

22 + 23. 当一个灯泡也是灯，地球仪摇身一变也是灯，你会发觉其实身边这个世界有太多可能性
24. 剥落的墙身，飘忽的烛光，营造日常的小放纵

城市山林

走进于彭在士林的家,你会问自己,我在哪里?

推开木门一道,面前是曲折回转石板小路,旁边有浮满青苔的池塘,有密集的奇石怪树,有修竹披拂。几面刷白了的土墙有开了圆洞的,有造成瓶形门状的,虚实变化步移景异,墙上更随意写有贴有诗文题额,来不及好好细读又被面前你即将要进去的房子吸引住——

从楼上往下看得到池塘全景，真怀疑自己身居何处

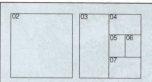

02. 室内室外只是框架之隔,自然都有景色
03. 借景隔景,都是中国传统文化时空意识在园林造景艺术上的体现
04. 园亭楼阁,套室回廊,叠石成山,栽花取势……
05. 大中见小,小中见大,虚中有实,实中有虚……
06. 淡泊的生活其实更丰富精彩,跟于彭永远有谈不完的话题
07. 咫尺之内,而瞻万里之遥;方寸之中,乃辨千寻之峻

五层楼,分明是水泥外墙,又有很多中国传统木建筑梁柱框架细节装嵌其中,墙外隐约绘有壁画纹样,敞开的落地木窗叫室内一目了然:木头地板,土黄的墙、素白的墙,水泥天花板,粗中带细的一屋都是中国旧家具,墙上挂的是六幅古画,墙边堆叠的是线装古书,书架摆放的是形状奇特的陶瓷器皿,一侧还有几个人才挪得动的嶙峋山石……古今时空交错,平面的立体的空间都异常丰富精彩,叫人惊讶好奇,不知从何说起。

中隐园林

认识于彭是因为看他的画。不懂评画但还是满心欢喜地看,人家大抵看的是运笔施墨线条变化,我倒高兴地在细看卷幅中那一百几十个单线勾勒的裸男裸女,在奇怪的山林中自顾自摆出各种坐卧站立姿态,我有我自由方法,喜欢就是喜欢,不喜欢也就再自行选择。

虽然看画的时候已经很好奇很期待有天有缘碰上这位应该是怪怪的画家。但当穿一身轻松宽阔衣裤、赤着脚、摇着葵扇、笑容可掬的于彭站在我面前的时候,我知道更好玩的事情即将发生。

不知怎的我们谈到他在修炼的睡

功，众多法门当中偏要挑出这种艰苦的似睡非睡的修行，也是一种"天地有道，我命在我；求之在我，求之在勤"的道教的养生信念吧。我在一旁听得目瞪口呆兴趣盎然，也好像忽然理解于彭为什么会把家居空间布置成如此一个洞天福地。

有些画家画的是一个世界，生活却又在另一个世界。于彭选择的是完全活出一种身心与空间的融合统一。在这个士人园林的世界里，可以感悟人生，可以俯仰天地，可以洞悉宇宙，他追求的中国古代人文精神，在这里得到物化，有说以山体景观为构园要素的中国园林艺术是创造了三维立体空间的有实用价值的时空艺术。这里二十平方米不到的小庭院也就是一个贴近古人神韵、气质、心性的自家创作。

不得不提这个家就在大马路旁，市声喧嚣。而生活在二十一世纪的台北，不可能像古时隐士的巢居穴处，离俗独住，也很难为自己圈出一片山野庄园别墅，只是可用园艺手法，构建出闹市取静幽雅自然的一方领土——虽地仅数亩，然却有迂回不尽之致，居虽近市，却有山林相忘之乐。正如唐代文人提出的"中隐"的理论，不太寂寞，不太喧烦，来往自如，身心自安，小小一室也宽如天地。

欲望山水

选择了建立起这样一个居家环境,并非是一种逃避,其实还得处理作为现代人的种种欲望,作为儿子、作为丈夫、作为父亲的种种责任。闲谈聊起,还是有种种人间的喜怒哀乐。

作为来台三百年的客家后代,于彭忆起儿时在外双溪旧宅,祖父如何教身边子侄唱北管、玩古董,维持一种宗族承传的文化氛围。又记得早年把家里这个空间经营作茶艺馆、陶艺工作坊、画廊,甚至是皮影偶戏小剧场,在这里弹古琴唱自家咏叹的曲,排实验性、即兴十足的戏,热闹又快乐。当然还有一路走过来从雕刻泥塑到版画到水彩到终于找到的传统笔墨山水的另一种狂放演绎,路从来不平坦,离经叛道就更需要坚强意志,一意孤行活出这样一个家的状态,令家人也能理解、能够协调配合,就不得不叫人由衷佩服。

于彭特别提到他最敬重的父亲。父亲晚年的时候跟他最能互动,老人家也参与了陶艺的创作,从一个小生意人变成了艺术家,更全力支持儿子的艺术追寻,求真求变。父亲猝然在生辰当天离世的那一种伤痛的经历叫于彭真正体会大悲,乡里街坊在殡葬巡行仪式过程中的同悲共哭竟然是最

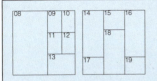

08. 有刻意腾空的，有随意堆叠的，居室一点也不局促
09. 桌子仿佛都不够用，散仙其实也很勤奋
10. 还是老板凳最有感觉，心安理得坐得稳
11. 小小一幅挂帘，就营造出朴拙的民间艺术气氛
12. 小小的客人卫浴间也有细密素雅的心思
13. 传统老家具非刻意供奉的古董，都应用于生活日常
14. 先后修改兴建的几层楼，各有结构细节特色
15. 画桌上自成生态，冥冥中自有构造安排
16. 有意无意，都有承传下来的美学标准和象征含意
17. 平日难得一睹的楼上画室，又是另一方域
18. 百年老茶生津止渴，先得烧开热腾腾一壶水
19. 砚石彩墨，是古董也是生活艺术

真切的一种人生戏剧，此后他对艺术形式的追求有了不一样的体会，艺术与生活原来可以结合得如此自然，悲喜日子也都是踏实的当下追求。

逍遥散仙

有说仙与神有所不同，天神都要执政管事，如人间的帝王和下属官吏，仙则是不管事的散淡人，犹如人间名士。在于彭家绕了一圈，喝酒品茗，充分感受到那一种仙气。当然仙也有天仙、地仙和散仙之分，于彭肯定就是天上人间飘忽不定的散仙，按自己的作息喜好行事，醉也不用借口，醉就是作画的最好时机。有幸在他家喝过香气奇特的百年老茶，轮流配以上佳葡萄美酒，也难得在中午吃过他亲自熬了一夜的有机干鲜蔬菜粥，于伯母弄的客家宴客汤羹，还有那本是下酒小菜的乌鱼子和柳叶鱼，吃吃喝喝下去就变了即兴的一顿晚餐。在那播完又再回放的萦绕一室的古琴乐声中，在那窗外自然的晴昏变化过程里，宽敞几座上盘膝而坐的我们仿佛都能潇洒地拨弄开俗世烦琐，游心于淡，合气于漠，顺物自然而无容私焉。到了这样一个境界，也许不再在乎什么一般家居生活的标准和规矩，作画做人，都是一样逍遥率性，活到老玩到老，下次再来请教他养生的独门秘方。

朴实古雅的家居布局，时空漫游开始

有扇就有风

谈得兴起,大家都在冒汗,于彭递过来一把葵扇,对不起,家里没有空调冷气,这是妈妈亲手做的葵扇,缝上那醒目的红绒布边,还有这把客家人传统的手工扇子,现在差不多成民艺绝响——

大热天时,老婆跟孩子都抱怨过为什么家里不装空调,但大家都明白,空调对身体根本就不好,而且倒喷出的热气也不环保,老实说,有扇就有风,自古以来,本就如此。

21. 于妈妈亲手做的葵扇,扇出凉风好温柔

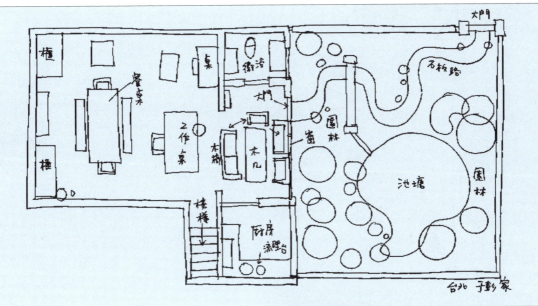

一门之隔

可以说,一门之隔,门里门外两个世界,也可以说,隐于市也能融于市,只是心意调节的一个问题。

我倒是再三注视这一道门,漂亮得厉害的一道老木门,简便随意安上的门闩和门锁,都是当代的式样。用得着,也不必介意什么统不统一的设计形式。这里那里,能放能收,就舒服,就很好。

22 + 23. 路过的大抵都误会这家又是某一个古迹古物的保护点吧

天大地大

经过上海,新新旧旧的都在面前以极大能量相互冲击晃动:老房子、老仓库复原装修成更古旧的样式,经营的是最摩登概念的餐厅,展出的是最前卫的艺术。碰上的人,谈到的事,都带那么一点世纪初的躁动。管他时空错乱,对过去现在未来,有缅怀,有冀盼,有想象,更少不了有点混乱地在实践、在体验,说实话,人到上海,即使还未参与人事其中,心已经跳得厉害。

一幅世界地图,也是这个书房的一扇面向世界的窗

02. 老师最爱整洁，有条有理思路清晰是治学的第一法
03. 亮一盏灯，喝一杯茶，读一本又一本书
04. 在学术界这么多年来一直保持很多个"第一"的江晓原，从来没有被这些"第一"所牵绊
05. 把图书馆可推移的数据库也搬回家，知识超载
06. 这是书房里唯一一个什么都没有穿的小雕像吧

心跳得太急最好安静地坐下来，清醒一会沉淀一下。好友沪生一方面给我介绍这家那家可以在路上稍事休息闲坐的茶馆、咖啡馆，也一直给我介绍认识身边的好朋友，因为我们都知道一个城市的有趣所在，往往也关键在当中有趣的人。

"江晓原老师家的书房很有意思，藏书方法和藏书量也很惊人，而且，他研究的是天文学史和性学史，他跟你的头发一样，花白花白——"

书房、天文学、性学，说不定还有什么别的走在一起，这还得了！顾不了冒昧唐突我拨通了电话联络上江老师。"好，你就过来坐坐吧。"电话那一端一个冷静的声音答应。

上天下地

满天星星，那是天上的事，星星何时生何时死，我们肉眼看得见的一闪一闪的动静，恐怕只是浩瀚宇宙中那么一小片面，而地上的人又在做什么呢？随时随地在这丛林里、在车厢中、在自家人家房中床上，都在做爱做的欢乐的事。不瞒你，常常/偶尔会想，在身边的这个城市里此刻当下，有多少"好事""正在"进行——说来无聊，但想想真的有这个看来不可能的统计也很有娱乐"性"。

说是来聊聊"天"（可以谈谈性吗？），事前的确有压力。因为要去拜访的江晓原老师是中国著名学者，研究的科目是天文学史和性学史，目前是上海交通大学教授，博士生导师，科学史系主任。到他家前跑到上海书城

做了一点功课,书架上排开就有他的天文学专论《天学真原》《天学外史》《历史上的星占学》《回天》等著作,也有《性张力下的中国人》《中国人的性神秘》等性学研究,加上发表在报纸杂志上大量的学术随笔和专栏文章,结集成《东边日出西边雨》和《走来走去》,还未计算一般读者较难接触得到的发表在国内外著名学术杂志上的论文近九十篇,要好好对话,该花点时间好好读读老师的著作吧。

因此我有点儿尴尬地按门铃——书买了,还未来得及仔细地看,公寓门房伯伯问我是否约好了江老师。"很多人来探他来做采访呢。"他说。

后来的三个小时,我可是全无压力地在江老师面前喝着暖暖的香茶,乖乖地做一个不用交功课的学生——他带的研究生也会真的到这里,谈谈本科研究的方向与进度,当然肯定也有学生会问他,为什么一头是天文学,另一端是性学,这两家看来天地之遥的科目怎会放到同一书桌上,而且都研究出显赫成绩来?

有人用四字概括江晓原的学术研究领域——"阳台"和"卧室",阳台指向苍穹外界,卧室指向人世内室,江老师一笑置之,倒指出中国古代是用"阳台"来比喻男女性爱。我倒直觉无论是阳台还是卧室,都是家的内外生活环境的一部分,有外有内,通天达地,有未知有实在,人才有趣,家才好玩。

成长于"文革"年代中的江晓原,失去了读高中的机会,在上海一家纺织厂当过六年电工。那些年他虽没有

07. 连书房外小阳台也放满参考资料
08. 特别宽敞的阳台,也是老师在家工余走来走去的地方?
09. 饭桌也是日间的小小工作台
10. 客厅一隅,自然随意,但请留意书报杂志已经进侵领地
11. 主人卧室,老师对原木材料还是比较喜爱
12. 大门进来,一端直入书房,另一头路经好些收藏

正规上课学习,却大量地读禁书,尤好读史:从古典文学入门的《中国历代文学作品选》《古典文学参考资料》到《三国演义》《水浒传》《红楼梦》到科学著作《宇宙发展史概论》《微积分发展史》……借来的禁书在身边留得时间长一点,就用毛笔抄录:几千首唐诗宋词,甚至潘岳《西征赋》、庾信《哀江南赋》等长篇文章,也自行书表研究旧体诗词的押韵平仄格律,如此下来,古文根底异常扎实,为日后的学术探索储足本钱。

众人眼中的文科奇才,因为觉得自学文科从来顺利,决定要报考较难自学的理科,他"悍然"填报南京大学天文系天体物理专业,竟以第一志愿被录取了。大学四年,除了第一年辛苦点把从未上过的高中的课程补回来,第二年完全跟上,第三年就开始"不务正业",把孙过庭的草书帖《书谱》临了七遍,下象棋(他是大学象棋队成员),看昆剧,当然本科专读和闲书还是一本一本地啃。

大学本科念完,江晓原考进北京中国科学院做硕士研究生,一头栽进自然科学史,又继续完成博士学位,当中开小差竟又变成第二专业的,就是缘起自研究生时代与师兄间研究学问之余谈得最多的"性"的题目,当中包括"文革"落难在下层社会所见所闻的性风俗、性趣事,也有时会讲讲各人自己的性经验,算是排遣一下大伙儿的寂寞。江晓原好古成癖,当然就不满足于闲扯,竟就"发愤"研究起中国古代房中术,写成了以"中国十世纪以前的性科学初探"为题的学术论文,在还未冲破谈"性"禁区的当时大陆的学术界来说,这篇论文的发表引起很大轰动,自此他

对性学的研究,也与天文学的研究并驾齐驱,一发不可收拾。

功在不舍

四年前搬进现在的这套房子,当决定要为自己的书房设置一组最方便、最实用的藏书柜时,江老师最担心的是公寓楼板会不会塌下去。

当然,在专业建筑师和档案柜专家的审核和建议下,这个书房出现了图书馆一般的风景。除了四壁都是排得满满的书报杂志,当中一面墙还是轨道式档案柜,如资料室一般节省不少空间——当然家里近二万本的藏书已经进占客厅、睡房、储物室、阳台,但难得的都在主人的安排下,分门别类堆叠整齐,未翻开已经看得出逻辑条理——

江老师引用已经在念高一的女儿小时候爱说的:"爸爸很开心的,他不用上班,整天在家里走来走去……"对,他从前在中国科学院上海天文台工作十五年,因为专职研究天文学史,历任台长都特许他不必每天上班,可以在家工作。好事者多次质问,却无法否认江老师每年发表这么多论文,足以证明在家也是十分辛勤,现在身为交通大学科学史系主任,行政工作还是交给系副主任去照顾,依旧大部分时间在家庭办公室(home-office)里"走来走去",专心做学问研究。

除了出国出席国际会议,回校带必要的课处理分内的事,江老师还是安心地留在家里。他相信"驽马十驾,功在不舍",有纪律、有计划地把自己的研究项目一一完成,也引领和鼓励学生们走上更专精的科研新路。

观天观星
总不能只
靠肉眼

我坐在书房一旁的一张单椅上,想象老师之前的一个又一个书房,他就是在这群书的围护中,走进去又走出来,对古代中西方天文学交流、古代中国天学(有别于天文学)的性质与功能做开拓性的研究,也用天文学方法和资料解决了当代天文学课题"天狼星颜色问题"以及"武王伐纣年代""孔子诞辰准确日期"等历史年代学问题,还在性学史研究方面提出了"性张力"的论点,启发了后来者进一步探索前行。作为一个不害怕被视作标新立异的著名学者,他致力的是打破各种学科老死不相往来、画地为牢的陋习,期待出现一个开放的互动的学术空间;也更重要的是把一切研究摸索回馈社会,改变科学在社会公众中的神秘高深形象,致力于培养新一代"科学文化人"不走规范的路。

白日好梦

江老师在他的小宇宙里自得其乐,把书房/家里称作"二化斋",多种解读中他自己的说法是"天学与性学交而化之",学生的解释是"劳动人民知识化,知识分子劳动化",又或者"理科学者文科化,文科学者理科化"……其实种种解读,都是争取一个宽容多元、通情达理的环境,就如他一直微笑着跟你对话,不徐不疾叫人舒服。

老师又笑着谈起他自学治印,刻的一大堆印章中只有刻着英文单词"Day Dream"的闲章为有识之士首肯,这个白日梦也真不得不发下去,又说到他平日最不喜欢穿西装,即使到剑桥讲学,也是便服一套,朋友送来的领带根本没用。他不抽烟不喝酒,偶尔看看电视,在计算机上下载各式音乐听听,对学术界的"出国热"或者下海从商无甚兴趣:"钱够用就好了,钱太多会成为负担,对于学者尤其如是。"

短短见面时间一晃就过了,我们没有真正地聊到天上也没有谈到性(这么精彩的话题该从何谈起),但就在这个朴实无华、干净利落的居家空间里,我看到自得自信,看到负重若轻的气度,越是厉害的人,越放得下身边的多余的形式格局。人有各种追求,我相信江老师绝对清楚把握他所追求的幸福快乐。

大师小传

抬头看天,原来天上有这么多学问,低头看自己,赤身露体,谈到性,兴趣来了,但还是有太多懵懂无知。

坐在面前的江老师,气定神闲,就更叫人好奇他如何在学术界里"兴风作浪"。老师送我一本小书,是河北大学出版社的"三思访真丛书"系列中的一本。以"交界"点题,追寻老师的治学做人思想轨迹。我迫不及待把这图文并茂的书看完,满足了对老师的八卦,也得知这个朴实的傻傻的单眼皮的穿海军便服的男孩,"文革"时期就是因为好读内部发行的禁书,才能有如今上天下地的本事。

14. 对这位跨界、越界的科学明星,早有出版社做了详尽的访谈,图文成辑

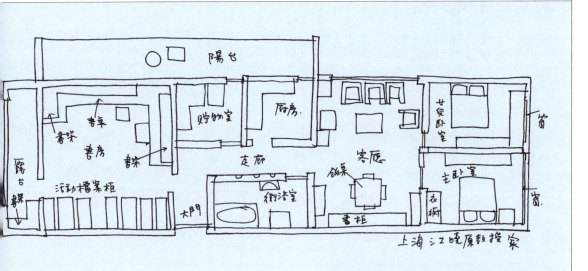

博物陈列

说江老师的家是个图书馆,一点也不过分。但图书馆里更出现了博物馆格局般的走廊,陈列品旁边甚至附有解说文字,这就有点太认真了。

打扰到老师的卧室,床铺正对面墙上挂有一个传统式样的古玩架,收藏着些工艺精品,但看得到当中好些间格已经被书籍进占,还是图书馆长比博物馆长的人要凶、权势要大。

爱书人,最幸福莫如活在图书馆里。

15. 特意把收藏品放进嵌入墙中的间格,倒有点像博物馆陈列专柜
16. 卧室里的珍玩架,看来有天还是会变成书架

时空极乐

有人活得阳光灿烂,有人独爱暗黑夜半,有人高速奔向未来,有人怀拥过去入梦。他贪心,他都要,把白天黑夜的种种刺激和有趣,把过去未来的所有感觉和能量,都包容都引进他小小的生活空间里,自行整理协调出自家的强烈风格和态度,说他怪说他酷,对,就是。

旧家具，新设计，捡来的换来的买来的，躺下去提起来都有故事

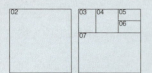

02. 层层外出，阳台是另一个喝酒聊天的好地方
03. 在暗夜里悠然自得，在音乐在酒精里浮荡的Wagne
04. 对太空造型、原子结构的迷恋从上世纪五六十年代大热到今天
05. 原来的办公室空间间隔和材质，成功地过渡到厉害的家
06. 为了音响效果、为了灯光明暗，Wagne 会细花心思铺改线路
07. 走进来走出去，时空不错乱。难得这里不是空有姿势的陈列室，这里有日常真正的生活

怀未来的旧

夜，香港中环。通衢大道上鳞次栉比新旧商厦天天挤在一起都累坏了，钢筋玻璃立面只剩零星落索少数不眠的灯。日间争分夺秒办公的、过路的喧闹繁忙都如潮水退去，疲乏懒散归家也罢。然而中环别处却有能量在重组，在兰桂坊、在苏豪，一心减压的、玩乐的在各自组织集体的、私家的夜，夜正年轻，十九楼上空的黄韦恩（Wagne）有他的绝好安排。

皇后大道中的一幢商住两用大厦，十九楼，推门走进另一个时空。眼前一黑同时眼前一亮：棕色木板墙面一幅接一幅，与同色系地板融为整体，是家还是办公室叫人迷惑。二十世纪五十年代的北欧塑料经典单椅橘色、炭黑色一列排开，与另一角落的厚实工业型黑皮沙发各领风骚。泛着银光的咖啡桌、金属储物矮柜和八叠钢屏风都是厉害的钢铁阵容，Tom Dixon 的塑料地灯"杰克灯"（Jack Light）在那端好骄傲，从天花板吊下来的钢片瓜皮灯，墙上运转闪动的舞池灯以及台面上如花火绽放的纤维灯也不甘示弱，还有那早成经典的火箭外壳 Mathmos 台灯，浮沉迷幻，暗暗一室各有氛围，各自亮丽。

这还是开始，再进去有塑料外壳的太空卫星型电视一大一小，与原子状收音机一款四色一家亲，玲珑浮凸的裸女图与永远革命的切·格瓦拉头像你我相望。床下暗格有一整队的极品机械人玩偶和收藏经年的塑料火枪、水枪，床头微笑着有刺绣的蒙娜丽莎在停了停不了的大小时钟当中好好休息。

往外还有钢架玻璃桌和旋转黑皮酒吧椅的绝配，一整柜的状态良好、款

式趋时的二三手旧衣服是 Wagne 的日常穿着。还有大胆用色、图案强烈的旧花布挂帘，流落散失到此自成一国的明信片、玩具……桩桩件件，是 Wagne 二十多年来跑遍英国、日本、德国、泰国，当然还有香港本地大小古董市场、地摊杂货店的精彩收藏。一次又一次地比较筛选，一回又一回地寻根溯源，Wagne 成功地以面前的藏品构建出一个完整的理想中的家居气氛环境。活在美好过去也同时活在热闹当下，更过瘾的是总有值得冀盼的未来。

亮这盏灯，坐那张椅，Wagne 常常会忽然进入那个可以肆意游荡的历史时空，那里没有过分雕饰的典雅华丽，却有的是跨越地域国界的风格拼贴集大成。Wagne 和同道们不以追求高档为乐，却从日常破烂中找到庶民乐趣，同好各有搜集，以物换物交流共享，你快乐我快乐，时空迷途绝对无妨。

间隔时空

长年累月专注收藏，Wagne 也一直在寻觅一个可以让这些身边宝物各安其位的家。早已熟知他脾性喜好的地产经纪当然也帮上一把，终于给他一个意外惊喜——原来是经营环保再造木材的一个办公室，有的是间隔分明利落的典型传统保守办公室格局，铺天盖地的木板结构，正是 Wagne 的心头好，原来总经理的玻璃房，也正好变作透明睡房，最外围的一端有宽阔阳台，居高临下看得见人家办公室的勤奋和懒惰，Wagne 只花了很少的装修改动，就搬进这个本身就性格突出的空间。

把人家的办公室变作自己的家，其实还有一个很重要的原因：Wagne 是超级乐迷，是越夜越兴奋高昂，驰放音乐（Chill out）也是全情投入的那一派。旧屋里常

常接到左邻右舍的半夜投诉，为免大家不快索性就找一个打扰不到别人的可以放肆的地方，如今十九楼的办公室上下数层无住家，完全是天意好安排。

微醉与极乐

如果没有了音乐，肯定 Wagne 就不要活了。一列排开早成音乐墙的 CD 阵，显示他的爱的功力。过半闻所未闻见所未见的唱片，足见他的精深刁钻。当然 Wagne 绝不是独乐乐的一类，他兴奋地、纯熟地从上千张唱片里挑出一叠；雷鬼音乐（Reggae）、酸性爵士（Acid Jazz）、氛围音乐（Ambient）、沙发音乐（Lounge Music），甚至是经典粤语公益广告歌一曲混接一曲，就在那一台小小的漂亮机器旁，当起众乐乐的 DJ。作为一个贪欢享乐的他的幸运的朋友，我绝对愿意就那么窝在他的沙发里、单椅中，甚至不去理会这是谁唱的歌、谁编的曲，浮沉起伏的、或徐或疾的都快乐，都在一波一波趋向高潮。

极乐如此，又怎能没有一杯在手。Wagne 用冰冻的瓶装维他奶跟我打了第一个招呼，然后源源送上其他乳白色的混合鸡尾酒。我这个贪新鲜又极易醉的，就因这个诱因而更加放肆——我们平日都太在意成绩和结果，太努力、太积极地去计算和铺排，轻松不了放不下，也找不到什么人好好地谈，原来此时此刻趁着微醉且有乐音做伴，倒真的可以不分先后轻重，无戒心没成见闹着玩笑着说。这个家也没有主没有客，私密同时开放。来这里的先后两个晚上，就碰上 Wagne 的日本朋友、中国台湾朋友，设计师

08. 层层内进，睡房是客厅和阳台的中途站，空间各有各精彩
09. 重金属太空装备分别来自日本、英国
10. 卫浴室当然更要放轻松，继续来点浮沉梦幻
11. 为乐而生（no music no life），并不只是什么唱片铺的宣传
12. 这个小小阳台曾经有过挤进四五十个醉醺醺的朋友的纪录
13. 来一场塑料的星际大战，自家的枪炮舍不得打珍藏的玩偶机械人
14. 革命青年英雄偶像，是泰国制造（made in Thailand）的挂毯
15. 收藏起童年回忆中的精彩细节，刺激起设计一众的今日灵感
16. 整齐排列这一堆拖鞋不为什么，也许只是因为它们的颜色图案和质感
17. 舍不得寄出的明信片就好好成为自家珍藏
18. 经典的Mathmos灯组来点变奏

朋友、发型师朋友，朋友的朋友，在共同的话题里分享夜的无聊、夜的懒惰，也因此夜得有意义，夜得多姿多彩。

天大地大

大白天的Wagne是个资深广告人，长时间担任协调处理公司内部创作流程的要务，虽然说涉入创作领域，但广告从来就是服务于客户特定要求，在规矩里还是有局限。从中作乐，险中求胜，也让整个团队工作得开心，是Wagne一直以来采取的态度和坚持的原则。

其实Wagne的身边好友也不止一次地怂恿鼓励他单飞，弄一个有好音乐、有好酒、有热茶的让好朋友去聊天的地方。因为往他家里跑过的都高度爱赏这个单位领导人，不止好玩那么简单。缅怀黄金二十世纪五六十年代，不只是浮面地沾一点潮流兴衰，倒是愿意游荡在那个时空环境里，切身处地认识了解当年各方各地的年轻一众对未来的冀盼、对战争的痛恨、对和平的追求、对自由的渴求，那个时代的种种争取，也是我们此时此刻的需求。最近Wagne也就在做决定，离职先放一个长假，放下种种办公室积累的纠缠与不快，在一个轻松自由的状态下再为未来打算计划。

我们这些贪玩的，当然羡慕Wagne——拿得起放得下，有家可归又可以从家里再出发。说真的，对自己的起居空间和生活细节如此专注投入，本身就是一种享受，也同时感染人、感动人。我接过Wagne再调给我的鲜桃果味的鸡尾酒，再一次告诉他我其实很容易醉，醉了常常更高兴，我也确实知道，往后的夜中环，更有一个醉的借口。

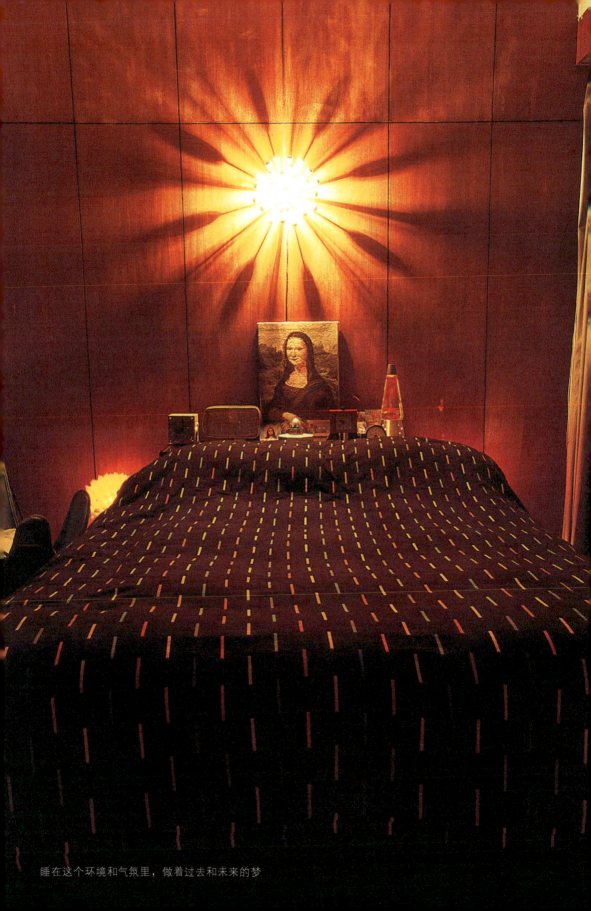

睡在这个环境和气氛里，做着过去和未来的梦

如果停了电

如果停了电，灯就不亮了，就是这么简单。

灯不亮了，没有光，可是灯本身也很好看。我们热衷拥有身边的大小器物，为什么？很多时候，就是因为好看。

Tom Dixon 的发光家伙叫"杰克"（Jack），不亮的时候据说可以坐上去，或是放一块玻璃便成小茶几。瓜皮钢片挂灯像太空官，抬头痴想星空历险奇遇，还有那玻璃纤维的一团世纪末的璀璨华丽，遥遥与海绵刺猬争风吃醋。

各领风骚，各有各的好看，好看，停了电黑漆漆的，什么都好看。

20. 镀上彩虹色系变化的金属瓜皮挂灯，是老远从英国曼彻斯特搜集回来的宝
21 + 22.Tom Dixon 的 Jack Light 和日本女设计师的刺猬灯是新一代经典
23. 来自台湾，流落香港杂货地摊的便宜的璀璨

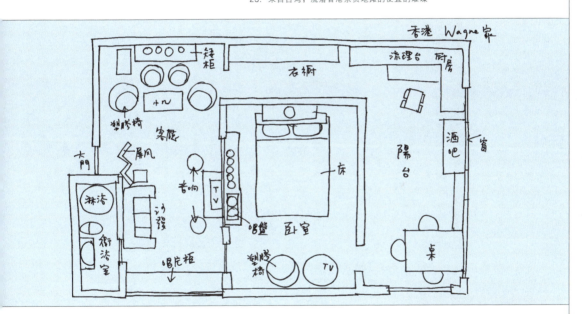

音乐醉人

小时候，真的有一个电台广播节目叫作"醉人的音乐"。

有点土有点怀旧，换了时空来到面前，喝着 Wagne 调的不知名的酒，听着他在一大堆看也没看过的唱片里挑出来选播混合的曲子，完全再一次明白什么叫混合搭配（mix and match），混合（mix）好象人人都会，但未必能够搭配（match），这里的主人就是有这样的本事，用音乐用酒，早午晚不同比例剪贴配合得正好，目的就是让你醉——当然我绝不怀疑他的企图，醉了，我还是懂得走一条跌跌碰碰的路，回家。

24. 家庭式混音组合混出一众的喜乐
25. 轻重多少，调出欢乐的方法与比例

酒醒何处

两杯下肚,何经泰在餐桌的那一端嚷着说,有一样东西他一定不带回家。

我们这些陪着喝得兴致勃勃的,都以为话里有话,也冲着他追问下去,那样东西是什么?

是菲林底片,他幽幽地说。

大伙轰一声笑闹,几乎一哄而散。

山谷深处有人家，移景入室需要一点心思

　　说来也完全对，他根本就是住在山里面，风凉水冷，先不要说下雨天时，就连平日也在云里雾里，空气湿润对皮肤可能不错，但对冲晒好需要干燥存藏的底片就不很妙，众所周知，他是资深专业摄影师，坏了底片是要了他的命。所以我继续上班，他笑着说，起码底片可以暂放在办公室。

　　上班？如果换了我是他，每天上班前都会挣扎两个小时或以上，因为这里的环境太好、景色太美，连树连草都格外绿，怎么舍得离开家跑出去，就让我什么也不干地待在这里，让山风抚面，让绿光洗涤肢体，还有——

　　还有那有点昏了头的鸟儿"嘭"的一声撞到客厅的落地大玻璃上，经泰有点认真地告诉我，不是说笑，有一次还把强化玻璃给撞破了，整幅就这样碎得稀巴烂，碎片亮晶晶铺满大厅一地，幸好那个时候厅里没有人。

　　他看我目瞪口呆的，还继续笑着介绍家里偶尔会到访的蜘蛛、蜈蚣、蛇和蝎子，还看见过最大最大的正在

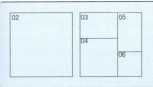

02. 永远不会叫人厌烦的四季景色,是这里最叫人赞叹的恩赐
03. 大量原木材料的运用,温暖主调自然落实
04. 沙发的靠垫争取亮一下,为素雅的环境带来一点热闹生气
05. 聊起"家事",一个看来不修边幅的大男人如他,却是格外的细心
06. 客厅角落,景观一样迷人

生蛋的飞蛾。在这里你会在早上被鸟儿叫醒,刮台风的晚上有如身在半空中,也因为这里的空气够清洁,灰尘很少,玻璃窗可以几个月才擦一次。

从新店山上的家每天上班到台北市区,有人大抵怕麻烦,但对何经泰和他的太太来说,跟繁华闹市保持一点距离却是绝对必需的。

从废墟出发

开放式厨房那端,女主人为我们张罗下酒小菜。何经泰却不知在哪里掏出一本旧照片本子,翻开一看吓一跳,我们现在坐得好好的明亮舒适的空间,入伙前简直就有如废墟。这里是小山谷一旁坡上的一幢,结构上算是地下的一层,位置算是很偏,也就是自成一格。从前的业主不知怎的胡乱搞搞就撒手不管,倒叫经泰夫妇两人看得出这幢四壁破烂的房子有太多的可能性。

窗外风景,绝对无敌,就看怎样安排房子的装潢格局,让内里居室与外头自然环境可以完美融合。腹稿略

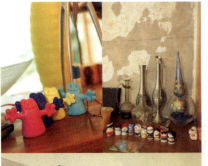

07. 缤纷小玩偶最引人喜爱，众兄弟一口气都回家
08. 各地旅行搜集的一些回忆如今都安坐案头
09. 这是一把电风扇？其实是艺术家的一个搞怪作品，还会发亮？
10. 印有自家肖像的一个装置创作，露天陈列
11. 书房也是客卧室，灰砖墙与木材质料搭配正好
12. 用混凝土、水泥板为主要素材的卫浴室，简单朴素的美
13. 父亲就是私家专业摄影师，孩子不愁漂漂亮亮而且一定上镜
14. 主卧室都是清清爽爽的，没有不必要的堆叠
15. 卧室外就是树林，盈眼一片绿本身有如一种叫人身心舒泰的音乐

定，就找来设计师朋友一起商量，把房子的外墙几乎都变成落地玻璃，可让空间通透明亮，部分窗台内外都有，把生活空间延伸到户外，来访的友人会惊叹这里戏剧性的景观环境，主人却如此自在地出入视作平凡日常。

近三十平方米的一个房子，干净利落地按需要划分出几个应用空间。开放式的厨房连餐厅正对大门，酒友们一进门就可以像回家一样开怀吃喝，另一端是山色入室的客厅和客房／书房，卫浴室再过去就是主卧房，依旧有落地大窗可以看星星看月亮。从地板到餐桌、书架到储物柜，都用上了纹理突出的木材，为家里先设定了一个亲切温暖的主调，搭配起几堵用水泥板、灰砖砌起的主墙，加上室外长廊的洗石子地和青石板窗台，素净含蓄，呼应得正好。

除了在院子外石阶梯角露天摆放了自家的一件摄影装置作品，经泰在家中壁上挂的都是艺术家朋友的创

作,有的严肃老练,有的幽默开朗。生活的艺术就在乎过不过瘾,而特别叫人精神一振的是,客厅中沙发和一些显著的摆设都是亮丽跳跃的颜色,能量十足一室欢乐。

最后阵地

酒喝多了,到室外吹吹风清醒一下,话题还是围绕酒。

对于从事摄影创作多年的他,酒是很好的触媒。大抵每个艺术家都需要某一种方法让自己放松一点,当然如何掌握拿捏喝多喝少,把关都靠自己。

喝酒要有酒友,对他来说这个从来不是问题,而且他一向都好客,愿意发掘自己作为一个好主人的潜能,一旦朋友来访,他都主动地处处照顾关心,换了他到别人家里,搞不好会酷酷地坐在一角静静地喝。

谈到主跟客,谈到家,谈到这个

难得完美如此,皆因用心争取

叫他归属眷恋的地方,气氛稍稍感性地认真起来。经泰谈起儿时在韩国长大的经历,好长一段日子都在反复思考故乡的真正定义,故乡固然是一个地域、一个场所,但更多时候是心能所安之处——也就是我们说的家。

家,成了流浪者唯一要回去的地方,他有点玄地跟我说,人是"安定"了才可以有能力"流浪",这个我得努力去理解一下。

外表看来粗率但其实心思格外细密的他,谈到自身经历的感情挫折,更叫他重视家这个关系家人的单位,与婚姻一样,家不是枷锁、不是包袱,家是一个承诺。大家必须认识了解清楚自己在家里要负起的责任,一切快乐都建筑在相互尊重和包容上。家,有若最后阵地,而且胜券在握。

至于一旦喝多了,在哪里醒来最安全?这还用说,当然是家里自己的床上。

舍不得都是绿

虽然外头下着小雨,还是要争取走出去踏踏青草地,即使是马上染得一身都是绿,我绝不介意。

城里当然也有树,也有绿,但不知怎的都失了色,不能给人那一种兴奋、那一种能量,还是必须回到山里去,不必有什么古刹、什么飞瀑、什么壮丽奇景,就给我一片绿,与绿有缘,已经很好。

17. 洗石子的外墙有一种沉实的素净

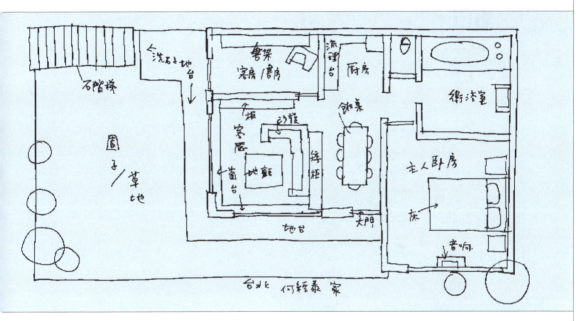

喝得开放

不必喝醉了才会乘兴三欢呼,开放式厨房真的好!

有条件的话从设计房子空间间隔的时候就做好决定,只要装设好强而有力的抽烟系统,不必把自己关在又小又局促的厨房里,满头大汗手忙脚乱,外头一室欢声笑语与你无关多可怜。

反正不是二十四小时分秒运营的大厨房,破坏不了一室原来的整洁。就让厨房也真正成为一个日常生活的交流的空间,甚至一切家里的话题都围绕厨房展开,有色有香有味都是生活享受,馋嘴的你这个不难想象。

18. 有酒有茶,一室温暖笑语
19. 天南地北,在家里最能放轻松,无所顾忌无所不谈

粗犷温柔

刘彦,面前的一个粗壮稳实的东北汉子,话不多,而且一字一句有板有眼的,叫这室内的时间仿佛流动得格外缓慢。

简洁拱门营造出的竟是异地修道院的一种氛围

也正好，好让我能在这一时还无法解释的奇异且令我震撼的空间里，慢慢地再感受，是空气中飘浮着那种纯正和细致的感情？是环境、光影、颜色沉淀出那种朴素和实在？又或者是刘彦本人那一种淡然盖过了原有的躁动？我只知道，一踏进这位于京城北郊燕山脚下上宛画家村里的刘彦的家，我的情绪就一直被牵引起伏。

神圣的清冷

我们不妨敏感一点，都该学会主动地去感受每日走进的每一个室内空间，喜欢不喜欢，都希望说得出一个所以然。

刘彦的家是二层高的红砖外墙混凝土结构楼房。他坦白地说一九九七年盖这房子的时候并没有怎样重视建筑设计，只是把具体结构要求计划了一下，就让施工的去把一切营建的工序与规模自行决定，反正在既有的经济条件下从很功能的角度去考虑，房子就是房子，只要跟想象中的差异不是太大就行了，唯一要求的是室内面积要够大，画室、陈列室、储物室、起居空间都得宽敞，好让人在当中活得自在——

从房子的侧门进去，叫我一怔的是，地面的一层完全空荡荡，刷白了的四壁墙沿整齐有序一幅接着一幅排

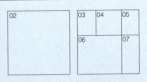

02. 天窗自然光是上天赐予创作者的一种幸福
03. 室内的光影变化无穷无尽，绝不比窗外风景逊色
04. 进门眼前一亮，空旷当中排列有序的是自家的油画创作
05. 二层红砖楼房，与四野景物浑然一色
06. 地面一层另一端有小客厅会客见面
07. 东北汉子的粗犷外表，刘彦有的却是冷静细密的思路

开的是刘彦的油画创作。这一批横跨多年、有先有后的作品，画的全都是故乡吉林长春的街巷郊野，都是写实的山水风景，当中的静谧幽暗，仿佛都是回忆中的印象颜色，正与这个故意有点清冷的环境绝配，加上通往小客厅平台的那一个拱门，叫人联想起修道院小教堂的庄重神圣。作为一个画家，为自己争取安排这样一个纯粹陈列展示的空间，肆意却又理所当然。

简朴的温暖

沿梯上楼，赫然又是另一种风景。

一端依然是素白的墙，另一端却是清水混凝土的一堵灰墙，与泥黄的地砖设定了整体基调。靠画室的墙并列了三道门，再拐过又是门和窗，不修饰，完成与未完成，有的可通行，有的却成了摆放电视和音响的位置，不刻意、不介意。

刘彦说画室的部分是修改了原有的结构去年加建的，还有一个透光的天窗和一排落地大窗，可以让自然光好好进来。画室就留有营建时原来的水泥颜色，斑驳洒落得很有味道，午后阳光在这个空间里自在滑行创作，叫面前有意想不到的光影画面结构，煞是好看。

从画室钻出来,就是一个开放式的起居空间,一端是厨房,有两组随意组合的桌子椅子,靠窗的另一端是简单的书柜书桌,再过去就是小小的卫浴室和卧房。尽眼望,这里没有华美高档家具摆设,大多是自己动手做的成品:一组漆上草绿色的、结构厚实的橱柜(出奇地有意大利二十世纪八十年代孟菲斯后现代风格!),一幅红灰阴阳图案的桌面,书架书柜也是手工自制的,简单利落。还有穿插其中的老式家具、旧皮箱,都是家里上一代的往昔生活痕迹。

生活日常中的杯盘随意放置,与墙上的自家画作,瓶里插的一叶半枝花草,环环紧扣浑然一体,比真实更真实,朴素本来就叫人心动。桩桩件件都有自己的功能和位置,磊落大方就是这里的神奇所在。

变换的场景

大学时代刘彦念的不是美术系,他的本科是物理系理论物理专业,正式绘画创作几乎是毕业后才开始的。

从早期写实的风景描绘开始,刘彦从一九九三年到千禧年的好一段日子里,改换了创作路向,用了大量

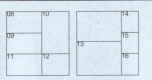

08. 粗犷同时细致,豪迈却又温柔,人如是,空间也一样
09. 转身上楼面前三道并列的门,不修边幅得有一种原始的放任的快意
10. 未完成,创作中,无限可能性
11. 大厅另一端是书柜书桌,自行设计制作的有合意的比例,有一种稳实的重量感
12. 一列落地侧窗,叫室内光线更充裕、更多变
13. 都是没有花哨雕饰的家具设计,利落干净完全配合这个环境
14. 自家的创作当然地与家居环境构成一个又一个画面
15. 角落里的老家具,为这个空间添加了历史氛围
16. 卧室一角,私密且温暖

混合材料,参与先锋前卫的概念艺术创作。亲历了解一番之后,发觉这种抽象的内容和形式,跟自己真正内在的思想感情并不谐调,当代中国社会环境资源条件也并没有成熟到能够配合,难以进行进一步的创作探索。因此他决定重返具象写实,再以一个风景画家的身份出现——其实怎样定义风景画也并不重要,刘彦心中的风景不是繁华热闹的,却都是简单淳朴的北国城乡,周围有学校、有工厂、有兵营、有操场,还有大量的树木。无论是早晨、是黄昏、是晚上,调子总是冷静的,有那么一点深沉、一点伤感,但也像并没有发生什么。也许我就是被这种情绪所触动,置身其中是一种缓慢的美的享受。

刘彦早年有过一段婚姻,但他忆述起来"仿佛已是隔世上辈子的事"。他倒是挺享受十年来的单身生活,至少出外写生创作不必心里还惦着什么"有一条线在半空悬着",能够与周围风景好好融合,完全活在自家的创作天地中,有代价,也自然。

正如身处的这幢房子、这个家可以慢慢地添加改建,刻意的、随意的可以共存,颜色、场景、气氛可以改换。活,就是要能活,要好好活。活得豪迈粗犷,也活得细致温柔,刘彦心里有数。

如此神奇光影只属于北方的时空环境

生活就是创作

跟艺术家谈起创作，固然可以风花雪月，也可以慷慨激昂，更有各执己见、争持不下的，到后来都累坏了。

跟刘彦谈到他的创作历程，倒是通透明白的。他太清楚自己怎样一步一步走过来，也对将来的去向有一个明确的构想，更叫人愉悦的是，当谈到面前的生活里的一些自制家具的时候，他更是一脸满足和兴奋。我一直在打量的手绘餐桌面以及那几个比例恰好、造型简洁且漆得亮丽翠绿的橱柜，都是精彩有趣的自家创作。创作人也许不是生来就会创作，创作也不一定要放在什么艺术馆、什么画廊。唯是越对生活投入，在家里肯花时间、肯动脑动手，创作就越精彩，生活也一样。

18 + 19. DIY家具创作，无论是手绘桌面还是鲜艳橱柜，都有强烈的个人风格
20. 调出自家的颜色，活得比谁都精彩

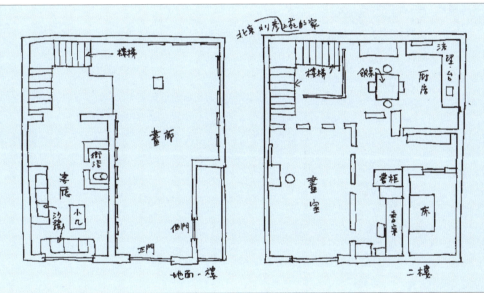

恋恋日常

我想我是幸运的。走进朋友的家，听他们细说生活的种种喜怒哀乐，创作旅程中的尝试、失败、再尝试，更加上身处他们倾注了无数精神心血打造的一个属于自己的家居空间，分享到当中珍贵的生活经验，我只有感激。

更令我觉得幸运的是，无论原来天色如何，总有那么神奇的一刻，阳光从窗外进来，投射、反射出种种厉害光影，都落在那些日常的生活器物身上。这回在刘彦的家里，我简直被这叫人惊讶的一个又一个平凡画面迷惑住了，越简单越富足，就此认定了。

21 – 23. 生活日常就是细碎如此，乱中有序，从来踏实
24. 一把木椅，坐过多少代人？

轻重冷热

奇怪，猫猫躲到哪里去了？

知道它高贵，也明白它害羞，但每回到朱德华（Almond）和安（Ann）的家里，总会偶尔看到它的身影，一身漆黑油亮地在你眼前轻松摇摆而过，或者安静地懒惰地躺在某个角落，它知道它是这里得宠的，它是主角。

客厅临阳台一角,椅子与椅子有跨越时空国界的对话

其实猫猫你错了,这里的主角多的是:从进门开始,墙边有英国设计师贾斯珀·莫里森(Jasper Morrison)新登场的原木夹板框架单椅,靠阳台有美国设计前辈伊姆斯(Eames)夫妇档的有机形体玻璃纤维躺椅(La Chaise),打个照面有老上海西式旧躺椅,椅座悬浮而且椅背还是皮革的。书房里主角是意大利世界级设计怪杰卡罗·莫里诺(Carlo Mollino)二十世纪五十年代的原木架构经典躺椅,还有珍藏的大师摄影原作和心爱的照相机举足轻重,卫浴室有那古老有脚浴缸最出风头,卧室里那两张套上纯白厚棉布椅套的老沙发相互辉映,还未把那阳台外一整片青翠绿树算进来,甚至那漆得光滑亮丽的地板倒映着家里每一项细节,凡此种种都叫进来的人眼前一亮,都是这里家居生活的当然主角。

追求轻重

也许你有过这样的经验,走进朋友的家,很舒服很喜欢,碰这碰那都觉得是主人的细密心思,但要简单直接地说出好在哪里,又不知从何说起,也总不能随便地就说都好都好。如果要我说出对面前这将近一百平方米的空间的整体感觉,他两口子着实是成功而又准确地为这里设定了一个轻的主调。

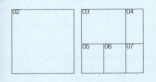

02. 最令人羡慕的阳台风景，一年四季晴雨不同的光线、盈眼的绿
03. 选择了轻快的乳白主调，尤其是光洁明亮的地漆，把室外室内的美都来一个倒影呼应
04. 穿得一身灰黑是朱德华的惯常，在明亮洁净的环境中追求对比和分量
05. 生活的随意和刻意，都反映在小小一方桌上的布置中
06. 来自瑞典女设计师的一砖玻璃"冰"灯，是一个刺激起诗意想象的精彩光源
07. 越是简洁的几何形体，其造型要求就越得准确细致，挑一盏合意的地灯也花去不少心力时间

　　整片的乳白微灰地板，白墙白天花板，白石餐桌面，棉布面料白沙发，白玻璃纤维单椅，几道透明或半透明的玻璃门，清玻璃灯具，铝银色圆凳，白棉麻床单被褥，纯白浴帘，全白古典浴盆……要细致要全面，就得有条不紊地把桩桩件件都安排协调好，能够相互呼应又各显厉害，可是一门不是说笑的学问。

　　当然要把轻的主调拿捏得好，要注意的却是空间里的重的分量——作为专业摄影师的Almond，自家的黑白人体静物照、珍藏的大师经典、挚友的创作，有的整齐依墙悬挂，也有的随意靠墙边叠放；作品的主旨内容、画面布局结构的技巧、背后的深邃意境，都是重量级的，都为这个家居空间添加了质和量。还有的是几件性格独特的家具，包括来自上海的一张二十世纪二三十年代的西式躺椅，Mollino及Eames的大师级经典，并非为炫耀而拥有，反在生活中来得亲切自然，重的是一种要求、一份心意，与环境的轻快也正好有了一个巧妙的平衡。当然还得一提的是男女主人都酷爱穿一身的黑，这就更凸显对比出当家人的分量，也不要忘了工作室书房中一整幅书墙……

　　凡事有轻有重，作为一个安居的家，也正是在协调组织日常生活中的种种轻重。

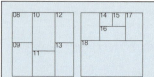

08. 对挚友一个遥远的思念，已故雕塑家麦显扬的作品在这里占一个重要位置
09. 当工具成为伴侣，当器物成为至爱，当中感情关系非笔墨能形容
10. 意大利设计怪杰 Carlo Mollino 于二十世纪五十年代设计的一把造型奇特兼可调节椅背的躺椅，是书房里的主角
11. 一尘不染也许是种奢望，但干净利落总是可以执着坚持的
12. 新收藏的前辈摄影家黛安·阿勃斯（Diane Arbus）的名作，陈年好酒，心爱相机……理想的生活，不止的追求
13. 对室内环境细节的重视，当然少不了对音乐和影像的严格要求
14. 饭桌一角，简单日常生活，自然的美
15. 随手添活泼生气，生活的细节不得忽略
16. 家里的另一主人，爱猫的两口子的宠爱
17. 卫浴室坚持素净简洁，最花哨的看来就是那古典浴缸
18. 卧室的亲密感觉来自各种棉麻布料质感的温柔配合

冷热寻常

经过了早年在日本研习摄影回港后的一段长时间的拼搏日子，也从各自独居到终于选择走在一起组织自家天地，周遭人事或急促或缓慢地在变，真实且虚幻——难得的是还能够有选择，能够安然地筛选喜恶，为自己争取的种种条件，安排的每一个步骤，没有错，没有悔。

所以当有人好奇这偌大的空间是否有点"冷"时，作为客人的我倒可以替主人说几句话：干净利落是两口子一向的行事作风，不要忘记相纸本就光洁雪白，且有一种科技的冷——但一经曝光显影，黑白彩色都出来了，有细致的质感的美，有热闹的内容的好，厨艺高手 Almond 的拿手菜式值得另文大书特书，所以当这个空间高朋满座，一众酒酣耳热天南地北，就绝对是一个"热"的好地方。

冷与热，个人与群体，休息与工作，生活本就是一个整合、一种关系，处理这冷热之间的种种变化，这里也给大家做了好榜样。

"裸体"再出发

每当走进"简单"得其实不简单的朋友的家，往往都叫我浮想起伏。说实

在的，在Almond坦白如此的家中，不能不叫人想起他的"裸体"。

准确一点说，是他摄影的裸体，人与物，动的静的，"……大多数的物件或人体均是独处，少与四周环境连上关系，每一个映象拥有一个独立的个性，令观众专注在那一份孤寂的庄严。……裸露的胴体脱离了服饰的拘束，摆脱了时间的局限，断绝了空间的牵绊……"。他众多的摄影展中有一份场刊有过这样的自白。

作为少数在商业繁重的压力以外，十年如一日地坚持有这个艺术创作空间的他，不讳言创作过程中经历过不少考验，有过挣扎和迟疑，但也就是因为不离不弃，渐次演出更加简洁的构图，更明朗的线条，黑与白，以及当中千变万化的细致的灰。

把他的艺术创作历程轨迹重叠于面前的家居安排，再加上他身边的Ann，近年也一直在统筹各地艺术家、作家、诗人的创作企划，更加叫人感受到两人合力安排的家常生活，从当年的刻意经营，到如今的轻描淡写，岁月磨炼，沉淀积累出一种修为和素养，一切就如从"裸体"再出发，真诚坦荡，黑白分明，连当中的种种轻重冷暖的灰，也都有趣。

依然明亮的小小书房，层叠的藏书，井然陈列的摄影经典作品钟爱集一室，幸福不可言

宠一下自己

一室至爱,要问朱德华首选哪一桩哪一件,他得在屋里来回巡行,然后还是一屁股坐进 Eames 夫妇档一九四八年设计的 La Chaise 当中,答案不言而喻。

嗜椅如命,这一回是先斩后奏,历时经年的挣扎,先是买了维特拉(Vitra)博物馆的一个 La Chaise 微型比例版本,再悄悄地下了订金,然后才通知女主人,宠一下自己大抵不必找借口。这把玻璃纤维雪白椅壳的流丽经典,是当年提交给一个"国际低成本家具设计赛"的作品,当然一看估价就知生产成本不菲,也因如此却成了设计传奇。

除了男主人,家里的高贵的黑猫也爱死这把椅子:滑溜凉快的椅身和椅背的那个洞,是猫猫练杂耍和跟自己捉迷藏的上佳场所。

20. 流丽的形体是不可抵抗的诱惑,Eames 的二十世纪五十年代经典 La Chaise

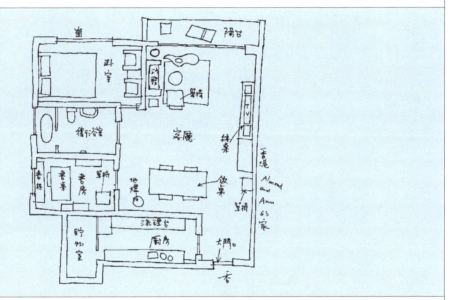

快活的对白

到朋友家里真好玩,尤其是那些彻底的痛快的。

每回到朱德华家都是好天气,阳台外的绿都绿到室内,乳白地板像一面镜又像一泓水,甚至叫人误以为可以在上面溜冰,一边溜一边赞叹这里的利落明快。选择这个主调凸显了主人对自己的决心、信心和对生活风格的坚持,白得尽情,白得透彻,与白相对,是一种朴素的快活。

21. 越是冷静,越给大家更多热烈热闹热情的可能性

始终简约

不太敢去陈瑞宪（Ray）的家，怕的是去了就赖死不走了。

屋里空荡荡的，真好。一室看来随意其实是左思右想千锤百炼的，这边放一张沙发，那边放一盆花，那边桌上有一个碗，拿一本书跑出阳台去看，到了那里就不愿意再看书了，这么好的阳光、这么大片大片的绿，实在太不像台北了，偏偏这就是闹市里那么一拐弯，就是这么可爱的老社区。

这里的室内倒真的不怎么样，Ray 当然谦虚地说，最珍贵的就是窗外的绿——

干净利落方方正正的厚实白棉布沙发是这里的必然选择。

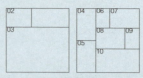

02+03. 阳台外有一方水池，等雨季、等盛夏有不同景致，今天有的是大好蓝天
04. 无论是精挑细选的家用摆件，还是好友相赠的艺术创作，能够在这里占一位置的都和谐协调
05. 要说简约，自家传统明式家具先行数百年，领尽风骚。重返简约的思考
06. 馋嘴的主人偏好一切精致的餐具器皿，餐桌当然也不能随便，大理石纹路与美食一般精彩
07. 到过Ray的办公室的朋友，当然会被那里地下／空中的资料室、图书馆吓一跳，此刻带书回家细细阅读，当然是更精彩的选择
08. 转身望去大厅另一端是落地玻璃开往阳台，盈眼一片绿，叫人赞叹
09. 有如纸卷的地灯，形状越简单就越有力量
10. 进门已经是一片开阔，叫人再一次肯定开放空间的重要

    阳台外的小公园见树又见林，床后窗外也有一丛一丛的树，侧厅外也还是绿，风过树动，绿光也着实叫人心神晃动——

    进屋坐下，不怎么想开口谈话。这么舒服的环境叫人懒。就喝个茶吧，就在沙发中、单椅里躺着躺着糊糊涂涂地打个盹儿吧，几乎肯定，做的会是简单干净的梦。

又便宜又好

    远远看Ray，陌生人会有点犹豫，该跟这位贵公子怎么开口谈些什么高档话题。其实不妨走近一点，他穿的白恤衫其实是皱皱的，而且是佐丹奴。

    可以高贵更应当便宜，打从许多许多年前跟他认识，就知道他有这个高低两手点石成金的能力，这也是他生活乐趣的所在。

    就这样打开他这租回来的五十二平方米的房子的门，你一定会以为这里是用了天文数字的价钱来装修施工的，不然怎会这么的宽敞明亮，宁静雅致。但听了他透露的实在价钱，你不得不佩服他——这不只是精打细算这么简单，当中有的是他从来就坚持越来越清晰的设计原则。

    空，他很清楚自己要的是空间，是透明，是自由行动。所以当他八年前走进这幢破烂的、漏水的，甚至第二期工程还未完成的，像地盘一样的房子里，吓一跳同时也心大喜，凭他的专业敏感，他知道这是一个有趣可为的空间，看的就是如何大刀阔斧地把原来的房间间隔都一一拆掉，用的完全是减法，处理的不是这一小方、

那一小角落,想的是整体空空的大空间,当这个"盒子"好好成形,里面放什么糖果饼干也应该好吃。

然后,坚持的还是要便宜,Ray说他那个时候很穷(当然穷也得风流快活!),他没有添置任何新家具,他用的是便宜夹板处理上漆的地板,他节省地留下了很多外露的水泥墙板没有髹色,他把花槽改建成浴缸,他把人家留下的旧屏风框架上了漆装嵌成落地大镜,他的厨房流理台墙面只装了一片白云石,往上就由它是砖墙白漆,衣物间也省了一道门,拉开布帘露出墙身如施工地盘的粗糙的锤凿刻痕……

当坚持便宜节约成了一种得心应手的动作,夸张的说法就是已成自家美学,随便道来其实也就是日常聪明智慧。也许我们都对那些其实极度刁钻挥霍的所谓简约风格有保留、有异议,所以就更乐于探索实验真正的简单和实在的节约。

一味把简约挂在嘴边没有什么意思,就先学会怎样扔东西吧。什么该滚,什么该留,身边最需要最不需要的是什么,其实是每个人必须清楚认识自己才能回答自己的首要问题。有了答案就该付诸行动。扔东西的过程一并整理自己的财产!身无长物四大皆空,其实是最最流行的生活空间境界。

节约途中也不妨贪心一下,Ray为了享受多一点绿,他把阳台的栏杆拆去改成小水池,池中倒影有天有树,镜花水月实在奢侈。

11. 不能忽视的是这些随时牵引回忆和想象的发光、发亮的家居小道具
12 + 13. 卫浴室干净使，就让这个清洁的感觉尽量地发挥
14. 通往睡房及工作间的走道，尽头又是另一风景
15. 全屋设计最乖巧的恐怕就是这一对来自意大利的藤编椅子了
16 + 17. 睡房另一端是书房／工作房，留一片水泥天花板，也是一种执着和坚持
18. 叫人又羡又妒的睡房窗外景色

不知不觉搬进来已经有七八年的时间，Ray自觉在这个大胆果断的随性适意的生活空间里越来越放松、越来越享受——无论是一个人住也好，一家人住也好，最重要的还是要学会选择；让室内的空间尽量开放、尽量多功能，让间隔随机应变，正确地理解所谓隐私，如果已经是一家人，太强调隐私而牺牲了空间的享受，实在不智。看来Ray还是对那些没门、没窗、没玻璃的自出自入的理想房子有憧憬，一切未完成，一切有可能……

未完的梦

有了这么舒服满意的家，该满足了吧——

当然不，这个我可以替Ray回答身边疑惑的一众。还记得多年前有天夜里探访他从前的坐落于东区某宅的高层的家，那是一个有如舞台装置的极具实验性的小空间——实验不同高度的各层平台，是床，是椅，是桌，实验各个灯光照明分区氛围，也实验同一个空间在早午晚不同的功能……那个时候的他刚起步，旋即全速前进。多年下来他成功地与搭档们成立了颇具规模的全方位事务所，设计过无数精彩的居家和公共商业空间，最为人熟悉的当然是诚品书店的台中店、高雄店……他的生活的、工作的经验丰富了、稳厚了，但步伐并没有因此而放缓

下来，他还是那么留意社会生活潮流时尚的变化。因为他清楚明白无论一个居住空间还是一个公共空间，都必须与时并存并进，作为一个"服务性"的建筑设计师，必须与业主一起"活"在当下，配合协调业主的需要而并非满足一己风格的实验。而他也从"个人"的作业转进群体的合作模式里，作为工作团队的领导，怎样收怎样放，学会予人机会，让自己意念中的架构在众人的参与下更加丰富有力，长路一步一步走来，不容易、不简单。

不该让自己就这样满足，这么多年的案子都以室内设计为主，Ray总希望有天能够正式地完成一个建筑的项目，毕竟这是当年赴日"寻道"之际承许自己的心愿。酷爱旅行的他也当然还有很多很多的目的地，也相信一定要争取在某些欧洲城市住下来，才可以真正地享受那里的建筑、设计、文化……

因为有了这样一个简约的家，人是会变得越来越贪心的，贪心地去开拓、去吸收、去进取。"有人会很有野心地去找机会，我只是希望把事情做好。"Ray一脸认真地说。回家很好，贪心也不错。

卫浴室的淋浴处是改装的神来之笔，
线条利落有南欧海岸民居的粗朴

时装走廊

记忆中，Ray 的家里，从来都没有衣柜。

传统意义中的有间隔、有掩门，甚至有镜的衣柜，怎可能放得下这位主人的衣服收藏。说到收藏，虽然尽眼望去都几乎非黑即白、非灰即蓝，但当中同一色系的各种质料、各种轻重厚薄，仔细微调，还未说到不同设计大师的各种剪裁、造型风格。更何况从显赫名牌到街头便服，Ray 都深懂个中三昧，如此下来，小小衣柜怎能锁得住各领风骚的衣服。

唯一的解决方法就是走进衣柜里去，把室内空间先来规划处理，从走廊这一端走到那一端，三分钟内，深思熟虑，穿一身惬意可以出门见人的衣服。

20. 衣物间其实是时装走廊，我想你懂我的意思

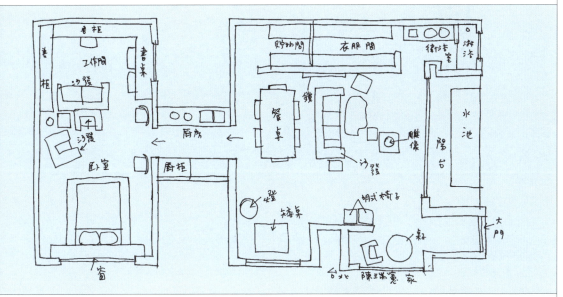

馋嘴是种恩赐

挚友当中鲜有不馋嘴的，也许不馋嘴亦很难成挚友。而更加惺惺相惜的是那些热衷在家里做菜的，Ray 是当中佼佼者。

大家都忙，已经有好一阵子没有吃过各自做的菜，味道有点淡忘，但印象依然最深的倒是吃饭、喝汤、斟酒的各种盛器。也许是他那些根深蒂固的日本传统文化的影响（天啊，这该都是我们中国传过去的吧），那些精美的陶的、瓷的、玻璃的、金属的食具，都是食物的"房子"，盘中碗中都有"室内设计"甚至"建筑"，在他家里两个人用餐需要一张特大餐桌。可得说清楚，作为客人，我是不会洗碗的。

21. 灶头正面的一堵墙，就是故意留下的装修前的旧质感模样
22. 开放式的厨房其实在客厅与睡房的走道上，流理台也是好客的主人常常驻守的地方
23. 橱柜中一列精彩的陶瓷和玻璃，既是日常应用就更得讲究

完美下放

初冬午后，上海，十五楼高层，殷紫和我站在她家阳台上，尽眼望是上海繁华地段，对我而言尽是陌生的热闹——林立眼前有商业大楼、宾馆饭店、机关单位，还有寻常百姓的里弄街巷。虽说站得高看得远，其实我还是弄不清东南方西北向，更无从跳脱往来时空，把早从书本上看了又看的百年上海兴衰变迁市容改换在眼前对照引证。"你看那边那一整幢泥红屋顶的老房子，是我姑妈的家，"殷紫指着巨鹿路的另一端不远处跟我说，"最近她才把屋里全都装修翻新——"翻新，大概也就是把回忆过往都洗擦干净吧。

中国元素勾起的不一定是滥情故梦

哭笑户口

殷紫告诉我一个笑话,小时候大概是四五岁,由于父母各被分配到不同外省,她只能被托养在杭州的亲戚家里,暑假偶尔回上海,自觉自卑不如人的她常常开口就问身边的小朋友:"你有户口吗?"

在我懂得这个户口制度以及种种由来背景、延伸故事之后,这个笑话也不再是笑话。当然,我们都知道这是这几十年来在中国大陆千万个关于家、关于人的其中一个片断回忆,殷紫也算不上颠沛流离,但她坦言由于自小一直不断地和陌生人在一起,没有家的完整和温暖,以致向来不爱集体活动,讨厌节庆。在上海亲戚眼里是杭州乡下人,在杭州乡下人面前又争取做上海人,话说重了,就自觉是不存在的局外人。这也直接间接影响到她在日后独立生活工作的一段日子,什么都拼命争取、什么都要,处处渴望表现自己,求取认同,企图在自己的空间里活得更真实——可能要将来有了孩子之后,才能充分感悟家之所指。

轻描淡写,殷紫跟我说起家族过往:太外公来自传统封建大家庭,是当年第一批留洋的学生,从美国学成回来之后却也继续着有两个太太的旧习俗。外公当然也受高深教育,殷实人家经历这几十年的动荡变迁,来来去去,还是选择在上海故居老房子里

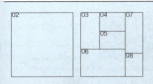

02. 配搭与点缀，给生活多一点颜色
03 + 05. 老式稳实书架成了饭厅和客厅的间隔
04. 宽敞的空间留下利落和干净
06. 两张大沙发各自选了自家颜色，来不及打听当中因由故事
07. 在殷紫家里的阳台上谈起家的种种，过去、现在、将来重叠开展
08. 坚持家里一样多余也不要，也言行一致地实践着

安享晚年。说起外公那仿佛从二十世纪三十年代以来一直没有变过的老房子，殷紫眼里忽然闪亮一下，许是曾几何时老好回忆忽地重现。这个家，那个家，平常实在，满满都是真感情。

午后宁静

我们在阳台上喝着茶，午后静静的，有点想懒。

殷紫笑着说这半年也实在懒，只是以一个自由撰稿人的身份写写稿，替一些有趣的艺术家朋友做一下统筹策划代理。其实她一点不懒，我刚从最新一期上海的《艺术世界》杂志上看到殷紫专访近年红透国际艺坛的中国"爆炸专家"蔡国强。洋洋万言访谈记述了这位行为艺术家怎样把"三宅一生"的高档服装撒上火药炸得斑斑驳驳还在时装天桥上领尽风骚，怎样把台北美术馆、约翰内斯堡发电厂、广岛亚运会场，以至最近的上海亚太经合组织（APEC）会议开幕式，都一直炸炸炸。殷紫笔下的蔡国强是个好好玩艺术的老小子，我想殷紫也深有同感地打算好好玩生活。

念的是贸易，毕业了没有做过一桩买卖生意，兴之所至转行，一度是获奖无数、备受欢迎的电视台音乐娱乐频道节目主持人。殷紫想起来也奇怪自己为什么在录像机前可以一直一直不停说话，那时候她一个人住，

下了班回家休息的时候可以大门也不出,一句话也不讲。她觉得累了,从幕前辞退下来,开始替一些国外媒体做联络采访和翻译的工作,也一度参与一时红火的网站做内容编辑。正式成为一个自由撰稿人,她开始可以选择和决定自己写作的方向。

我们在阳台一直在聊,屋里的美国有线电视新闻网(CNN)电视新闻一直在播,阿富汗战局在时刻变化。殷紫的先生,一个资深的战地记者,此刻正在战火频仍的前线。作为芬兰新闻大报驻亚洲的记者,他不仅长期在中国做记录报道,也要第一时间跑往新闻焦点。作为身边人,殷紫也因此对周遭种种有了不一样的观察角度,作为媒体中人,她希望写更多"真实事情":中国农村的状况,中国青少年文化现象……她要写的不是美美的文章,她希望能够写纪实的,直接地写出事情本身,把日常中国如实反映,这些来自千家万户的平凡故事,本身就有感动人的共鸣。用她自己的说法,是放下了过去的、虚浮的、功利的,内心开始安静、谨慎、求真。

天大地大

回到家里,面前是殷紫和先生婚后迁进来的一个宽敞的空间。她一直谦虚地说家里平淡无奇,没什么可圈点之处,但我正正就觉得这里的简单随意,轻重拿捏得正好。这不是一个装修布置技术问题,这是心情状态和境界。

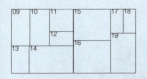

09. 木雕玩偶枕着书睡个懒觉，不无启示
10 + 14. 阳光懒懒，坐下来喝茶聊天，家里难得有这样的好地方
11 + 13. 朴素、节约，处处流露。见微知著，家里的条理逻辑在厨房开始
12. 有的家等同工作室，有的家就是个厨房，有机会各方好友来厨房比拼
15. 亲密的睡房空间更需要简洁明亮
16. 到人家里最爱翻人家书架上的书，了解一个朋友从他或她看的书开始
17. 在家千日好——当然还得有案头的工作
18. 午后阳光悄悄进来，留下一个瞬间的定格景象
19. 书房工作处，思路纵横想象活跃的私人空间

这里有我们熟悉的中国元素，平静利落毫不花哨，当然也有北欧的自然纯实，好让老公不想念芬兰老家。没有刻意地去追赶什么潮流款式和颜色，就让自己、让家人有一个舒服自在的家的感觉。——殷紫一直强调自己很念旧怀旧，对过去的、美好的依然充满留恋想象，但她也很清楚自己是一个在路上的人，和先生一样，都喜欢旅行，需要在行旅过程中不断为自己更新定位，也因此不必拥有太多负累：房子是租来的，工作会变动，无数的搬家经历，留下的，丢掉的——她一脸认真地说，一样多余的东西都不要。

家究竟是什么？要好好弄清这个概念，有自己实在的想法，远比跑去买一大堆家具、生活用品来堆塞满这个空间复杂多了。在今日内地城市经济起飞之际，大家开始有能力建造自己的家，开始对生活品质有要求，当中也很自然地出现家居装修向样品屋、向宾馆风格靠拢的现象，也不乏新贵一掷千金豪华地为装修而装修的恶俗。作为一个观察者，殷紫很清楚知道这是一个过程，毕竟这几代中国人从没有隐私，没有个人空间，甚至没有家这个状态走过来，受了太多的苦，一步一步，当大家认识到生活根本就没有样板可跟可随的时候，生活就会更加精彩。

聊呀聊，聊到芬兰乡下的朴素明净，聊到怎样也不肯看中医的先生，谈到要为外公老房子认真地拍摄记录，谈到街头小铺的生煎包，谈到过去的完美、现在的放松……从家里出发，天大地大，路上，也就是家之所在。

长长饭桌,家里少不了把酒言欢高谈阔论的时候

梦中国

身在此山中，也许不知宝藏在哪里、垃圾在哪里。

兜兜转转，换了一个位置、一个角度，应该看得更清楚，站得更稳。

还记得第一次到殷紫家，她的芬兰籍记者丈夫正身处战火连天的阿富汗，客厅电视里的CNN新闻一直在广播。那几天，正有外国记者不幸遇难，简单的采访也危机四伏。问她担心吗？她很镇定地说：担心。

一段异国情，两个不同世界观的人走在一起，交流沟通，肯定是一段刻骨铭心的成长经历：一个上海女孩，从此用不同的眼光，抱不同的胸怀，看自家中国的过去、现在与将来，梦里的宽广层次也不一样。

21 + 22. 点一盏古老油灯，挑一个朴素的框架，生活的素质的要求和执着都在细节当中

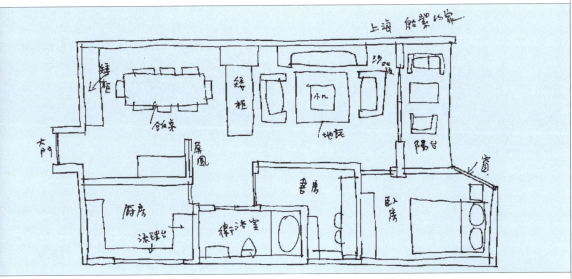

私密回忆

有说家是一个回忆的仓库，其实也就看仓库的主人怎么处理这东摆西放甚至层层压叠的回忆。

所谓身外物，从一件衣服到一个水杯到一只布偶玩具，都跟这天、那天和这人、那人在这里、那里的生活经历有关，也许无所谓，其实舍不得。物件还算可以拿回家好好保存安放，但某些切身处地的时刻，某些人事，也只能以影像留存。

尽管回忆不一定精彩美好，但尘埃落定，一方照片总带一点岁月的温柔。

23 + 24. 一张家庭照、一幅木版画、一张留言字条，桩桩件件，细碎组织成生活日常

闲得任性

他闲,是相对我们的忙。他年轻,是我们看来有点老了。

身边的挚友有两种,一种称为大朋友,人间阅历甚深,在惯见的风浪中来去自如,清楚认识了解自己,懂得安排自己的位置,明确自己的方向。大朋友当中好些是多年并肩作战,共尝苦辣甜酸的,在办公室、工作间甚至相互的家里一起通宵达旦,笑过哭过,忙得混作一团。回到他们的家,推门都有生活/战斗感情。

一间没有刻意间隔的淋浴间，酷得可以

至于那些称为小朋友的，是那些任性的、放肆的、自视甚高聪明过人的。他们常常是闲闲懒懒，游来荡去，天黑天亮都在做梦、在寻觅，又忽然兴奋雀跃地抓着你的手跟你谈理想、说抱负。小朋友常常会叫人担心惦挂，得拨一通电话到他们家里问问最近可好。但有些你知道好放心，行为动作常常叫人惊叹欣喜。丹尼斯（Dennis）就是身边这样一个小朋友。

搬出新鲜

Dennis 实在爱搬家。认识他这么多年，他好像一直在搬，在设计、在装修他的家。说得准确一点，他一直乐于变换身处的环境和状态，在当时种种条件跟限制下把自己的新鲜理念发挥得表现得最好。几年前到过他四十多平方米的一个小房子，绝对支持拥护 DIY（自己动手做），尽眼望去，处处流露简朴的感性与性感——推门进去就是床，自己动手用角铁、用夹板造的床，床边转身有悬在墙上摆放书本杂志的层架，当然也是自制的。房间另一端一根钢管从这到那，支撑起春夏秋冬几季衣物，随便开放，鞋却是一双一双地有如装置艺术般整齐地排在地下……他动脑，他动手，把一个旧衣箱的厚漆都一片一片铲掉，露出原来木头的真味道，为了找一颗合意的螺丝、一根粗细刚好的钢绳，他走遍街头巷尾五金建材店铺。他刁钻，却又把一切回复至简单原始不做修饰的状态，在我眼中是一种年轻的率性。

然后，他搬了，那回是一个旧楼

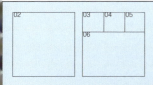

02. 看来简单，其实是谨慎的考量安排，从颜色到线条到材质，都考验平衡统一的功力
03. 任性，就连洒进来的阳光也任性流窜
04. 有了好的采光，室内的景象就不一样
05. 主人Dennis，一个人，还有一只叫作猫的狗
06. 开放式厨房一直是他追求的，有了这个舞台就得早午晚有好看好吃的

顶层连天台的房子，加上梯间阁楼和天台储水箱的一层，竟然是四层楼。我笑他生活忽然有了层次，梦寐以求可以让他肆意地设计——他已经开始有他的注册风格，不多不少整洁妥帖，没有刻意地打着设计旗号买来什么灯、什么椅、什么柜，却都叫人知道这个家里头的人懂得生活、珍惜资源、重视关系。这一切都不是碰巧，一切都是生活经验的累积，日子有功，四两拨千斤。

原来的顶楼自是睡房、厨房、卫浴室，再上一层的阁楼是一个安放计算机的工作室，再往上是真正露天天台，宠物世界加上野火乐园，还有是那夸张的天台上层，储水箱位置还可以放下一套户外餐桌椅……活得简单，也活得丰富，Dennis其实是一直叫人妒忌的。

接下来还有一个近乎地下室的铺上水泥地的灰色的空间，他有野心地设计了一组悬空的锈色储物钢柜，灯光永远暗暗的（老实说，那是一个沉郁的不快的时空）。这段日子没有太久，他又搬到现在临街的一个房间，阳光充沛、空气流通，一切又有了一个新的开始。

搬，是因为Dennis一直没有停下来，他一直在动。

赤裸空间

落地大玻璃，成为这个空间四面墙的其中一面，因此这里很赤裸、很透明。

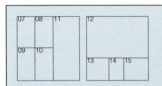

07 + 09. 卫浴室是这里最有戏剧感的空间
08 + 10. 选好一个完全合意的洗濯台和水龙头,绝对是耗费心力的一件事
11. 多一点绿,多一点呼吸的空间
12. 房子另一端,一铺好好的床
13. 生活细碎,总得有一点条理纹路
14 + 15. 可不能让时间任意流逝,只好多一点提醒自己

外面就是临街小巷,路人走过,总不禁探头往内望:看得见开放式厨房的阔大流理台,看得见米白色舒服的布沙发,看得见矮矮的木箱小几,看得见炭灰色被褥、雪白的枕头床单,看得见一棵新买来的枝叶茂盛的绿树,看得见一条主人昵称作猫的狗,看得见常常有人运动的脚踏车,还有就是靠墙的层层书架,隐身入墙的储物衣橱,涂得白白的干净的墙,平凡而又执着的灰色水泥地——有一两条自然的裂缝悄悄延伸,还有就是方方正正的空间角落有淡绿磨砂玻璃建构的卫浴室,推门进去是这里唯一的隐私。

愿意继续有这样一个小朋友,但其实他已经成熟了、长大了。面前的这个干净利落的家,再一次印证他的设计修养、表明他的生活态度,完全忠于自己、细致要求自己,也懂得放松自己。他馋嘴,他爱烧菜弄饭,多少回路过敲门都见他在"发明创造",这个设备齐全的流理台自然就是他的舞台,同样嘴馋的友好如我自然有福。他也爱喝,大白天跟他聊天一杯又一杯,红的白的,上回喝的特利士(Tetley's)啤酒,高大的一罐里面放一个塑料小圆球边喝边摇,标榜可口顺滑(smooth flow),他的家里当然也就是躺躺坐坐、发发梦的冷却(chill out)的好地方。

开放其实就是因为开放,没有拐弯抹角的多余的考虑。把本来复杂的生活赤裸裸地呈现,每一个日常动作都如实

进行，光就是光，暗就是暗，对自己、对人家坦白如此，我无话可说。

我有我闲

说他闲，就是因为大家都宠他，都有意无意地迁就他，他也乐得闲出一个大家都求之不得的境界。

他闲，其实他不懒。早在他当摄影助手的年代认识他，说话轻轻的、看来害羞的他其实也挺忙挺累。对摄影日渐投入的他开始在寻找自己创作的路，有一段日子随剧组大队跑到阿根廷，参与《春光乍泄》的剧照摄影，与顶尖创作人共事的那些经历，影响深远。在开始独立单飞的以摄影为业的同时，Dennis也越来越对建筑、对室内空间设计感兴趣，从DIY的成功满足开始，他希望更深入、更全面地了解认识这个专业。刻下他正在念的是一个建筑设计的专业课程，重新当起学生，也兴致勃勃地在计划小量创作、生产自家的家具。

他不慌不忙，说要给我放一盘音乐录像带，导演迈克·米尔斯（Mike Mills）一九九八年替空气（AIR）乐队制作的巡回演唱专辑，盒子拿过来一看，作品名字就叫AIR——Eating/Sleeping, waiting and playing（吃/睡，等待和玩）。"这不就是你吗？"我说。然后我们又谈起前天晚上他弄的烤羊排。

闲，任性，DIY— Dream it yourself（梦想自己），Dennis is young（丹尼斯是青春的）。

简单不过的书架，间隔比例的恰到好处最考功夫

近厨得食

众多馋嘴好友当中,Dennis 最直接痛快。

一进门就看到厨房,窝在沙发里面对着厨房,躺在地毡上甚至床上都看到厨房。吃喝就是玩乐,是人生首要大事,偶尔想想工作。

其实,这个开放厨房也就像一张办公桌、一个会议室、一个画室、一个运动场,要实验的、要挑战的、要雕凿的、要完成的,都在这个平台上发生,以厨会友是宗旨,招惹来一群酒肉知己,吃香喝辣,真爽。

17. 工欲善其事,各式小道具、小武器不能缺
18. 经典设计不一定是什么高档名牌
19. 给生活调味,轻一点重一点都有学问
20. 漂亮以外还得实用,排烟抽气的设备绝对重要

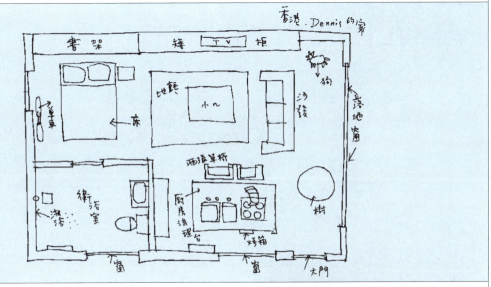

DIY 进一步

一直煽风点火,希望 Dennis 多走一步,"正式"设计自己的家具。

其实他从这里到那里搬了这么几次家,每次探访都惊讶他可以把一些本来破旧不堪的空间弄成一个干净利落且别出心裁的好样子。这里捡来一些什么配件改装一下,那里把一些简单建材拼合成形,变成椅、变成柜、变作床,这不是天分是什么?

所以,当他跟我说要开始修读一个建筑设计的课程,我是充满期待的,又或者说,其实上课不一定有用、不一定好玩,只要认真积极有计划地开展自家的设计,以DIY 原则为大方向,肯定是一条精彩有趣、不寂寞的创作路。

21. 街头巷尾还是会找得到这些早被遗忘的稳实家具
22. 笔记本中是建筑设计的习作草图,一切都从最简单、最基本开始

好好生活

没有问怡兰最拿手烧的是哪一道菜、做的是哪一种甜品,因为知道无论她做的是铺有四种菇类和鸡肉的日本竹笋饭、撒有榨菜末和葱的担担面、混进十多种印度香料的咖喱,还是下午茶里的普洱茶布丁、英式手工烤饼(scone),她都仔细拿捏,都有那么一点不一样的小变化,让人熟悉却又惊喜。

量身定造，厨中的从各地搜集的茶杯并非陈列炫耀，实在是日常生活的宝贝

没有问怡兰今天下午在她那一地冬日阳光的家里，会喝到的是什么口味、什么地区、什么季节的茶，因为厨房里柜台上一列排开念得出、念不出名字的大大小小茶罐包装，有她从世界各地刻意地、随意地搜集来的品种，看你今天的心情、你想要的感觉。还有，你可以在进门那一刻第一眼就看得到的款式各异的几十只中式、日式、西式茶杯里挑一只——如果你要喝咖啡，不喝咖啡的她也会特意为你煮一壶，因为她爱咖啡的香气。

甚至也没有问她爱看什么书、爱听什么音乐、爱看什么电影，因为从她纤细灵巧的身段、快速利落的话语、眉宇间的倔强坚持，你会知道她的要求很直接、很挑剔，虽然自称是迷糊的射手座，但她也太了解自己喜新不厌旧的贪心个性，要生活，就得全面地、细心地好好生活。

败家女当家

朋友眼中的叶怡兰是一个幸福的败家女。

我听说过的包括她住过这家那家五星饭店，尝过这个那个米其林名厨的拿手好菜，办过世界一级高档巧克力的品尝会，引进过从此不做他想的最好的法国的果酱和海盐。当然我也在她家冰箱里亲眼看见过油花漂亮得实在厉害的 Bellota 等级的黑毛猪火腿

02. 来自巴厘岛的更原始、更直接的民艺作品,别有一种感人、迷人的神奇力量
03. 叶怡兰身为美食作家,家中厨房当然珍藏顶级美食
04. 室内室外都有风景
05. 有了小吧台的这个角落,厨里厨外的生活就更加融为一体

(Jamon Iberico),这些来自西班牙的在橡树林里只吃橡树果实长大的黑毛猪被屠宰后,后腿被骄傲地拿来擦上上等海盐风干,成了老饕眼中的艺术品,口里的美味极致。

能够败家,其实因为持家有道、爱家真切。败家,并没有迷糊地把家用都不知花到哪里去,而是有方向、有态度地一直在寻找家的新的活的经验,把精神、时间、心血都花在这个经营上。不,"经营"这两个字着实也太苦太累了,生活不是上班,该多一点悠闲松散,少一点紧张拼搏,生活,应该是享乐。

"很早就决定以'享乐'作为终身志向,并坚持相信,真正的'享乐',不是短暂的眩惑声色之娱,也不是一味金钱或地位的堆积,而是需要认真地涉猎、深度地累积,需要花些功夫,方能从心灵到视觉、听觉、嗅觉、味觉、触觉,每一种感官,都真真切切长长久久地感到喜悦与欢愉——"从作家怡兰的《幸福杂货铺》中引来一段生活宣言,可见她享乐得败家得理直气壮,也从她对生活细节的不舍坚持和矢意执着中看出她对仓促草草的、只讲速度不求质量的以致堆砌艳俗的消费生活深恶痛绝。她很清楚她追求的不是那一种精致,也不是所谓高品位,在她家里阳台上喝着冰红茶、吃着黑芝麻白芝麻花生及爆米花四种口味的手工麻糬的时候,在听她兴奋

欢愉地给我述说介绍她收藏的浑朴淳厚、强悍端庄的台湾民艺器物的时候,我耳闻目睹生活的简单实在,有根有据,对呀,我们本就应该需要这种生活,可以这样生活。

　　她生活,她和她的另一半好好生活,也乐于和大家分享生活的经验。中文系出身的怡兰谦虚地说她并不是那种"有才气的"创作人,她自觉适合做观察、做评论,所以毕业后一直在室内设计杂志担任编辑和主编的工作,也从建筑、室内设计和艺术的范围慢慢扩展至潮流生活、家居文化,自然而然地就把一直留神专注的美食、旅游、生活杂货等项目移到焦点。

她曾经是《明日报》美食版和旅游版的主管,也创办了《Yi lan美食生活玩家》电子报,主动和一样挑剔、一样嘴馋的热心社群分享交流生活心得。作为自由写作者的她当然选择在家工作,在她的书桌、饭桌、厨房之间活动,也很积极地在备受欢迎异常热闹的网络的家里,超越虚拟地筹办不止吃喝的活动,好忙,生活得好忙,只要不是太忙,就是好事。

自家风景

　　怡兰家的风景,很不得了。

　　河在窗外流过,河岸有一串绿地,

06. 享乐须及时，这是放纵还是警惕？
07. 传统民间小点心零食，最好用来招待馋嘴的客人
08. 朴拙的陶塑，是哪位艺术家的玩乐即兴？
09. 冬日午后，阳光暖了一屋
10. 早已堆得满满的书柜，只留下些许位置给得宠的木头玩偶
11. 早年热衷收藏的新秀艺术家作品，如今还是挚爱
12. 干净利落，简单真好
13. 洗涤一身疲累，入浴的学问又要另开一章
14. 还有淋浴间的细致安排，足见设计师的空间调度的功力

还有老树三两，空中有飞机升降，台北市在不远的面前一列排开，冬日的阳光暖了一室，叫周遭室内颜色更加踏实，连投影都格外深刻。怡兰和她的另一半都很强调自己是南部小孩，离不开阳光，所以对久居台北市内、房子晒不进阳光很不以为然。她和他一起争取的，就是这样一个暖和明亮的、可以望得很远很远的家。望得远，心也就多了，总想着有机会到远处他方，但怡兰很清楚，出国是为了要回家。

回家当然就希望有不一样的室内风景，为了要把沿路搜集的大件小件、生活细碎经验一一好好安放，就很必要有一个很好的"盒子"。搬进这个基隆河边的家的时候，他俩就决意把这个室内设计的重责大任交给好友——著名建筑师李玮珉。怡兰最欣赏的是李玮珉的破题能力，走进来就能看出房子的空间结构该怎样重新规划，也从居住者的生活要求出发，贴身构建出有趣的生活空间——在这个尽量开放外露的磊落大气里，隐隐有一个动线一直引领大家从进门开始，经过厨房、走上饭厅、走出阳台、回来书房、穿过睡房和浴室、再到客厅、再来到起点的书柜面前，放弃了传统的这个那个房间的间隔，把家居生活真正地融为一体，这是设计师的厉害，也是居住者的勇敢。在一次又一次的交流讨论当中，双方分享的都是对家

这个家的另一位主人，猫咪小米今天好乖

居生活品质的追求，努力达至的是完美前的一声轻叹——或许生活并非都如想象的完美，也正因如此，才有继续追寻的乐趣。生活中的种种责任和承担都不免叫人劳累，作为一个写作人，花尽心力去吸收消化、分析整理，再在案前思索推敲，苦乐都有价。

但在最忙最累的时候，可以转身走进自家厨房，随心随意泡一壶自定轻重分量、浓淡口味的茶，站在窗前一边细心喝茶一边极目远望，这就是聪明的怡兰的幸福选择。

全方位生活

射手座的贪心大意、热情投入、创意澎湃、好胜逞强，我都太熟悉太了解。那种过人的行动力和实践力往往也叫身边的人目瞪口呆（希望大家看不出因为玩得太厉害而常伴左右的一点点累）。怡兰幸福，因为相对来说温文安静的另一半其实也爱玩，橱柜里的好一半茶杯、咖啡杯其实也是他在外出差时的精心挑选。有了这样宠她的最爱，怡兰当然可以放肆一点，她笑着告诉我她每天会换不同的杯子喝不同的茶，每次烧菜做饭请客都会实验不同的材料和组合，她乐此不疲地一直在变在换（老公除外！），就是希望永远用一个新鲜有趣的角度来看本身就是变化多端的生活。景气越是低迷、局势越是不明朗，就越要坚持对生活品质的要求，穷风流、饿快活，是最低要求也是最高境界，全方位狠狠地、好好地生活，如此而已。

好好喝茶

在怡兰的厨房里,不妨问一个先有鸡还是先有鸡蛋的问题。

其实接着下去可以问,究竟是先有茶杯还是先有这个放茶杯的柜?快要成中外茶具博物馆的这一方领地,熟悉的友人还可以跟主人一样,每趟用上不一样的组合:茶杯不是收藏陈列的宝贝,而是真正生活中的日常器物。

有了好茶杯、茶壶,自然得坐下来好好喝茶——至于今天该喝什么口味的茶,就要交给专业的"幸福杂货铺"主人去服侍料理了。

16 - 19. 从宜兴茶壶的敦厚到来自东京的白瓷薄胎茶杯到澳大利亚悉尼的肯·多恩(Ken Done)茶具的斑斓愉悦……

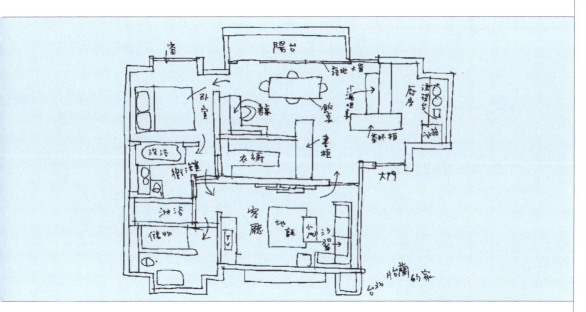

为口奔驰

听说最近怡兰的牙齿不太好,是那一回在法国试酒几天下来给弄出的毛病,可见美食作家这个光环其实也会偶尔重重压下来,压着大脑神经,有点痛有点疯。

身体要好,记性要好,反应要快,记录要准,这不是一般自命馋嘴的人可以业余担当的"美美的"工作,真是为口奔驰啊,我们相视苦笑说,然后马上从冰箱拿出顶级西班牙黑毛猪火腿,吃个痛快!

20. 要翻一翻作家书柜里的藏书,美食家的冰箱更要一闯
21. 架上大罐小罐都是各国名茶,要逐一品尝,该需要多一点时间吧

寻常日子

跟周杰第一次碰面,将近半夜,在他入住的酒店的房间里。

半新不旧的酒店,大堂出奇的简单。出了电梯,走过一道暗暗的怪怪的走廊,没错,该是这个房间。敲门,迎上来是笑容可掬的他,然而夜深了,看来有点累。

室内还有另一位,他的剧组的同事,有事要先走了。然后我在一大堆剧本、资料、贴得一墙的工作时间表中,随手拉一把椅子坐下。

一室明亮典雅，种种细节都是
对生活品质的要求和坚持

　　这个房间是周杰几个月来临时的家，也是他跟共事的搭档开会的、办事的工作间。他们正在参与摄制一部中美合资的二十集电视剧《平地》，这是一部游走过去未来的、有科幻味道的、以上海为背景的剧。为了使人力资源更集中、更好安排调配，主要工作人员都搬到这距离片场较近的酒店住下来。周杰负责的是布景道具的美术指导部分，这是他的专业。当然后来我更知道，他所属单位上海歌剧院的年度公演歌剧《雷雨》也将在两天后公演，作为舞台设计负责人的周杰必须通宵达旦地搭起整台布景，我在他最忙最忙的时候做了不速之客。

　　要认识周杰，是因为上海的好友众口相传他们两口子的居家很有意思，出于好奇，也很想了解这位一九八九年毕业于上海戏剧学院舞台美术系的高才生，在舞台上身经百战、设计过程、建构起剧场里变幻多彩的空间之余，究竟是怎样和身边的另一半，一同设计完全属于自己的生活空间。

　　短短的初相识打招呼，约好了隔天要到他家聊天拍照。看来他真的很忙，午夜后还有一个工作约会，他送我离开，在气温骤降的上海夜半街头，他指了指大路对面步行可到的、可见的一组屋苑："我家就在那里，后天你来该很容易认路。"他这么一说，我马上想起传说中公事、国事在身的过家门而不入的古代英雄，工作中的勤奋男人，拿得起放得下，温暖舒服的家，就暂时交给身边伴独个打点了。

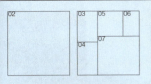

02. 从客厅通往画室的一幅隔扇门，是山西风格的旧门板，周杰重漆上红色，更亲手为木雕图案描金
03. 新旧中式家具在这个居家空间里和谐协调共存，传统的魅力再一次得以发挥衍生
04. 房间里整片整片的大窗，采光自然，简单利落
05. 收藏的民间传统手工刺绣织片，有空自行设计为生活中的应用
06. 忙碌的男主人周杰不在家，女主人梁晖得闲逸，身边还有蓬蓬头的猫咪Pica
07. 生活的角落，随意的一种优雅

悠然自乐

第二天早上接到周杰的电话，他实在太忙没法挤出时间在我们约定到他家的时候回来聊天拍照，没关系，他的太太梁晖会在家里，也正好让我这个好事的了解一下女主人对这个居家空间的个人生活感受，我始终相信，每个个体有她或者他独特的敏感、要求和创意，只要肯用心，肯花时间，居家其实是充满各种可能性的一个实践地。

午后大好晴天，我们跟梁晖在她家屋苑的内庭刚巧碰上，她手挽大包小包的，还捧着一小缸金鱼："我家猫咪Pica白天独个儿在家也够闷的。"她笑着说。"可是书里不是说猫会吃鱼的吗？"我笑着问。

跟周杰一样，梁晖也是一脸笑容，而且看来更懂得忙中偷闲。其实在外资公司从事金融工作的她，白天的工作也够忙够累的，也得经常加班赶工。但她很清楚对生活品质的追求是必须坚持甚至是固执的，所以下班就是下班，干净利落地把手头的工作放下，回到家里就应该是个人的轻松的家居日常，对比起来，一天到晚脑筋在动、在转、在创作的周杰，也只能羡慕和欣赏老婆有这样的闲适清爽。

稍稍偏离大多数人一天到黑钻来钻去的上海市中心商业区娱乐点，周杰两口子迁进这位于闵行区的屋苑刚好一年，这个超过一百四十平方米的房子宽敞明亮，除了客厅、厨房卫浴、睡房书房等基本室内间隔，周杰还为自己特别安排了一个宽阔得叫人羡慕的画室工作间，自小热爱绘画

的他越来越清楚自己在舞台美术专业以外还是愿意狠狠下苦功钻研绘画艺术，工余还是不断地在练习、在实验，功夫来自积累而非一朝一夕，正如生活经验本身。

如果说画室是周杰的私家领地，除此之外的室内空间当然就是和梁晖共享。关于全屋的结构间隔，专业出身的周杰自然会多一点主意，但当两人对整体空间利用有了共识，更仔细的分工就开始了：男的设计了厚重稳当的木头餐桌，也一起去挑了越来越钟爱的老式旧家具，当中更有周杰爷爷宁波老家的家传老橱柜和盛器，千挑万选也给找到比较有风格而且好手工的沙发设计。梁晖最满意的是自己的"软"的创意，挑好窗帘的颜色和料子，手工缝制，以至床单被褥，软枕坐垫，全都是慢慢地挑好，仔细地完成，一个真正舒适完备的家，其实总是不断在添加、在改善，就像这个房子附有的两个大露台，也还是暂且空置，该是弄个可以舒服地吃早餐的小餐厅？还是种满各式花草的小温室？还是两者都有？现在一时还拿不定主意，反正有的是空间、时间，就让构思好好酝酿，想象好好盘旋。

"如果周杰稍微不忙，"梁晖十分理解地微微笑着说，"周六周日我们会去跑那些老家具店，也不是为了收藏什么，只是爱和那些经验丰富、知识广博的店老板聊天，一席话获益良多。也会不慌不忙乘火车到杭州去，看看湖光水色，找个好的餐厅尝尝鲜，反正是无目的地逛，散步赏心，闲出一种乐趣。"一直聊起来，我们都发

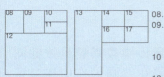

08. 工作桌椅的组合，当然也是老家具的选择
09. 可惜男主人不在家，这里有的是他一张去年在《阿依达》歌剧现场的工作照，累坏了他正在小休
10 + 11. 特辟一室作画之用，为自己争取一个创作空间
12. 对信仰的追寻，对艺术表现内容和形式的探索，这个宽阔的工作间其实也经历过收成得道之前的痛苦孕育
13. 睡房墙壁用了一个蛋黄的主色，加上淡黄的窗帘，完全是温暖亲密的感觉
14 + 15. 当年把臂同游西藏，最大的收获是与佛结缘，从此展开信仰上的追寻探索
16 + 17. 曾经偏激地认为喜好老家具是"古老人失去创造力的表现"，年轻的周杰也一度对这宝贵的传统不屑一顾。直到青砖白墙故居旧巷已经被拆掉了，深深的悲哀之后觉醒到要争取保留传统生活感觉中的哪怕是一丁点的神绪

觉毕竟大家跟更年轻的时候那种好胜逞强、一心外向的心态有点不一样了，当然现实生活还是充满混沌未知、处处有速度的挑战，但越来越不愿意匆忙草率地就把面前的即食消化，还是愿意放缓一点脚步，仔细体会身边种种，哪怕只是极平凡普通的日常。——话题一转我们谈起伴侣相处之道，跟他在一起已经九年的她笑着说爱情生活也不可以天天都轰轰烈烈，现在最珍惜、最觉得幸运的是，两人还是保持很多共同兴趣，也越来越懂得享受家居中的简单和谐、从容不迫……其实不必仔细铺陈，面前居家空间里的一几一桌都看得出两人的同心用心，颜色与氛围都是如此温暖舒服，要说的，早已无形而又具体地说得明白清楚了。

忙出优势

跟周杰再碰面是几个星期后的一个午后，市中心人民公园旁的一个咖啡厅，他还是正在为剧集的摄制一直忙，碰巧是圣诞假日，老外演员和工作人员必须放假，他才可以稍稍歇一口气。

谈起工作的忙，我们都只能相视一笑。固然大家都懂得闲的好、闲的妙，但此时此刻这个年纪、这个位置、这一直以来累积的学养经验，必然重任在身，忙是肯定的了。周杰也实在享受这个忙的过程，就如享受生活一样。他很清楚自己目前想做的、要做的，不抱怨，很乐意，关键是要把事情都做好做妥，勤奋的同时也有资格骄傲地说，我们还年轻！

也实在是年轻，一众挚友都称他"老"顽童，可以想象许多许多年前高中时候这个学生会会长是如何意气风发。一心投考舞台美术专业的他在起步之初倒不是那么如意，连续两年投考失败，一方面

周杰亲手设计的稳重的木饭桌，四角的细节还准备镶上古瓷片，大方又细致

挫了一下锐气，另一方面又激起坚强斗志，终于考进全国重点院校——上海戏剧学院的舞台美术设计专业。

相对现在的功利现实的大学生，周杰当年师生一群，简直就是浪漫、理想和纯情的化身，追求艺术的高尚纯粹，至今依然刻骨铭心。这一代人就是如此走过来，马上又得面对现实社会种种冲击挑战。周杰庆幸自己还是比较坚持——专业的坚持、理想的坚持，从分配到歌剧院的工作，有机会协助国际级大型歌剧如《阿依达》和《图兰朵》的舞台道具布景的设计，又或者目前忙得不可开交的电影电视剧集的摄制，周杰从没有后悔这个自小就认定的选择，他始终被舞台的时空变幻可能深深吸引。只是他知道，在一丝不苟地完成目前的专业工作的同时，他一直在储备更大的能量，投进他有更大野心的绘画创作中。

多年前先后两次西藏之旅，他被当地藏民的绝对发自内心的宗教虔诚深深感动，在开始对藏传佛教兴趣日浓的同时，也萌生出要在绘画创作中探讨宗教主题的意念。我在他家画室中看到好几幅未完成的油画作品，就正是对这些严肃概念的初步尝试，从具象到抽象，周杰企图超越绘画平面的局限，试图突破这个只记录某一瞬所见所思的画面——但答案如何？是变成装置艺术，或者索性更开放地变回生活本身，一下子都还未有答案，都得慢慢的，准备要失败许多次的一直一直尝试。

我们总是借口要谈谈什么家居布置，其实谈来谈去肯定离不开在家里生活的有血有肉的每一个人。周杰有一次跟太太梁晖提起，如果有一天他决定把全部精力时间都放在绘画创作中，得放弃其他一切赚钱的工作机会，这种清苦日子可以吗？梁晖答得很直接：打从决定跟他生活在一起，就准备一起痛苦一起幸福——痛苦的是会一同承受作品未完成、未满意的精神上的不快，幸福的是可以作为第一个观众，能够进入他的创作世界中一同分享。周杰为此深深感动。——家之所以为家，有牺牲、有付出，也有交流、有分享，得肯定相信并且竭力保护维持家里每人都是独立完整的个体，周杰和梁晖两人正在幸福地经历这个既简单又复杂的实践，如此说来，他俩家中坐的是哪个品牌的舒服沙发，收藏的是哪个朝代的典雅古物，以及窗帘布幔用的是什么漂亮颜色，都相对的不那么重要了。家之所以为家，就是要在这些忙碌或者悠闲的寻常日子当中，家还是如此一贯的明亮、实在。

不一样的光

抬头看，每家每户，不一样的灯，不一样的光。

当生活的品质和要求步步上升，我们头顶上不再只是灯泡一个、荧光管子一条，生活就美得有点花样了。

接着的道理也就简单不过：有钱不一定就能提升生活品质，有诸多设计品牌的流通贩售更不一定保证都靠得住、信得过，如何去选择、去配搭，都需要一点专注投入，不得随便，冷暖轻重厚薄，都是生活的学问。

冷暖轻重厚薄。

19－21.对于灯饰的要求可真是一丝不苟，每个房间的天花灯各有特色、各领风骚

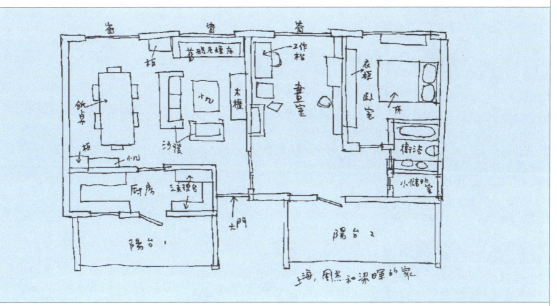

始终最爱

对待自家的专业，固然全力以赴一丝不苟，但留一方位置给自己的最爱，周杰也花尽心思。

走进他的画室，我不禁嫉妒起来——格局宽敞、光线充足，让创作的灵感与能量在这里累积发放。创作人的确需要空间；抽象的思想空间与实在的工作空间，驰骋其中、徘徊其中，好让人间喜怒哀乐都在这儿沉淀提炼，创作，呈现的应该是生活的精华。

22－24.创作人身边的道具，细碎凌乱地编织拼合成完整的生活
25.自家选择调配生活的色彩

莫忘莫失

故乡，对我们这群生于城市长于城市的人，是一个又模糊又尴尬的概念。尤其是卡在历史夹缝中的好几代香港人，九七回归之前实在是有家无国，返乡是回到父执辈的错落漂泊战乱回忆当中，回到一个物质条件相对落后、政治经济体系生活态度模式截然不同的社会里。回乡不一定能够沟通、认识、了解，故乡只是一个美丽的误会。

所以我羡慕邓达智，他有一个很实在的故乡。

中国南方传统民居的建造格局，有三百多年历史的这幢祖屋是香港境内少数还有家族后人在住用的

跟他是十多年的老相识，想起来初见面就是在他的故乡——元朗屏山邓氏宗祠里。那该是某年新春的一次邓氏祭祖聚会，族人乡里喜庆热闹，以传统盆菜广宴亲朋，皆大欢喜。身边友侪知我馋嘴好奇，把我带到这一片喧天的锣鼓和鞭炮声中，带到这个依然努力维系着宗族血缘的祭祀仪式里，一些大抵只在教科书和纪录片中看得到的场面可以切身处地地感受，这么远那么近，跟九龙市区只是一个多小时的车程，他的熟悉的故乡，我的陌生的新界。

光宗耀祖

我认识的邓达智，大家认识的邓达智；香港时装设计界尽领风骚的坏孩子，该是"坏中年"了吧，我以同龄身份笑着迫他承认。肯定会坏下去，越老越坏，他不甘示弱大笑着回应。想当年他在种种误解异议中把二十世纪二三十年代的流行长衫、村妇劳动服便服重新演绎，又把素人书法家曾灶财的涂鸦巧妙地混入设计，更以黑社会为主题肆意发挥，在本地一片惊讶中赢得国际掌声。当然我更留意的是作为一个写作人、电视台电台节目主持人的邓达智，他的社会潮流观察、设计文化评论，还有遍游五湖四海的旅行文字，都一再显现他的敏锐的触觉、独特的见地和率性的态度。

没有包袱，他大抵不为光宗耀祖而奋发努力；他好玩，也就在这玩耍笑谈中一步一步成就自己。他绝对有

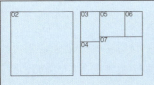

02. 午后有阳光悄然而至,清凉世界多了一点热闹生气
03. 跨过历史的门槛,层层内进——
04. 原来是梳妆台,也曾成为童年时代藏宝储物的秘密地
05. 推开贴着传统门神的朱红大木门,进入清幽的另一个时空
06. 时空转易,太熟悉的故居旧里、太多挥不去的悲喜回忆
07. 原来故居的天井位置,加盖了上盖成为小房间

能力远走高飞,但很明显,他多年来用设计、用文字不断探索追求的是自身文化的根和源,挥不去、舍不得的是魂萦梦绕的故乡情。

初冬午后,约好到他家里聊天。早已放弃在市区的居所生活,他把这已有三百多年历史的祖屋好好地整修,成为他匆匆行旅中要归的家。一见面,他就兴奋地拉着我往宗祠里走,这幢宏伟阔落、古雅宁静的上四百年的古老建筑也就是邓达智的一个精神归宿。

脚踏实地

回到屏山老家,邓达智其实有很多个家。

先不要说同族聚居,周围本都是亲戚一家。一是有宗祠这个精神上的硬件,二是有曾祖父、祖父、父亲传下来的三百多年祖屋,三是有母亲的另一幢房子,他的起居室占其中一层,储物又占了移居外地的弟弟的一些空间。听说还有第四、第五处房子,大多也成了他用来存放多年来的设计以及书刊的档案处,他绝对是这个意义上的富家子。

与贴在门上的威武门神打了个照面,推开朱红木门,我们走进这个已有三百多年历史的典型的南方村落民居建筑。保留得大致完整而且还一直有人在居住使用的,在这一区甚至在整个香港也成为仅有,如此说来他也就是生活在被保护的文物古迹当

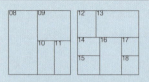

08. 故居午后,空气中飘来荡去既有往昔也有当下
09. 楼外回望正厅的格局,敬放先辈灵位的阁楼定时打扫
10. 清式家具在这一片淡绿的环境中别有灵秀格调
11. 青砖地皮的前身是更经典的麻石地
12. 每个时装季度的构思创作,大多在这案前完成
13. 面目全非的建筑群中一个最古老的秘密花园
14. 这边的视听资料一列排开,只是藏品中的一部分
15. 找一把又便宜又好的靠背躺椅好好地坐
16. 书画之间,创作灵感源源不断
17. 见证了家庭历史的老照片,是世事仓促变化中定格的一瞬
18. 身边的钟爱,自然也是以乡居生活为题材的木雕创作

中,我笑说他其实也应该成为被保护动物。

"的确有很多政府单位、民间文化组织在打我的主意呢。"他笑着说。从古迹古物的部门主管,到旅游发展局的官员,以及研究香港历史的学者、关心文化承传的朋友,都先后主动到此,聊起这里的乡风习俗,聊起屋檐下、山野间、河溪旁的他的童年往事,个人的回忆在这里成为珍贵的历史,这里的一几一椅一砖一瓦也因此带上一抹传奇。奔波仓促不由自主的都市生活忽然叫人醒觉到要有自家的根源历史来安心定位,邓达智很积极地成为这口述历史的一分子,也愿意有一天把这幢祖屋的使用权交到文物保护单位手中,只有这样,家族的历史才有现实的意义。

在这个铺满淡青地砖的古老空间里,一切故旧雅致家具都是那么自然谐调,这里没有什么价值连城的古董珍藏,却都是生活日常的细碎片断:随手捡来的山石、拙朴的陶瓶土罐、友人相赠的字画、民间的刺绣挂帐,各有来处,也仿佛本就属于这里。午后一室幽凉,阳光从窗外投射半壁,光影中新旧回忆重叠,儿时的欢声笑语犹在耳边,每个人有每个人的离家的回家的原因。

踏着那吱吱喀喀的木楼梯,经过阁楼转上天台屋顶。这是个后来加建的部分,原来是室内的天井。小小平台种满了母亲悉心照料的花草植物,

传统建筑的"镬耳屋"结构在这里看得最清楚。他给我看他在二十世纪七十年代初期,上中学拥有第一部相机时拍的一张老照片,同样的这个位置,那个少年初夏的早晨拍下的这个景象,是屏山明清古建筑群的最后存照,莫忘莫失,不舍不弃。

儿时我们在家里都习惯不穿鞋,他缓缓跟我说,踏在清凉的麻石地上,踏在自己的家里,自己的地上——

我有我梦

天色已黄昏,我们又到了他另一个家,这是他日常作息的空间,是他听音乐、看书、看影碟,是他构思设计的工作间。

一列一列的层架,满满是灵感和素养所在。我在好奇地东看西看:跟谁拍的一张照片?哪里买来的精致木雕?谁给你画的一张肖像?为什么这篇稿写了一半还未写完?这么稳实粗壮的竹制家具是在哪里买的?在一个多年老友的家里游荡,也就有这样那样的私家乐趣。

他开放,他愿意把自己的经验和回忆拿出来,透过设计、透过文字、透过日常言行,和大家分享这一份其实是共同拥有的过去和现在。越是清楚了解认识自己的根,就越有能力、越有信心锻炼自己的羽翼,在想象的、现实的时空中飞得越远,偶尔飞得累了,回家好好躺下,继续飞行的梦。

正厅一隅,有后来添置的雕花画玩柜及云石面小几小椅

愉悦与痛惜

　　作为政府重点古迹保护的邓氏宗祠，是元朗屏山文物群中一个开放给假日游人参观的景点。洪圣宫、觐廷书室、愈乔二公祠、聚星楼等古迹，对于邓氏后裔来说，该是先辈社教生活的一些值得缅怀的场所，其意义不止在成为又一个景点。而政府有关单位后知后觉的文物保护维修，相对于失控的河道污染、社区迁拆发展、土地政策混乱等根本的破坏性的不负责行为，邓达智作为原居民一分子，看在眼里痛在心里。相对自小生活在都市的钢筋水泥森林的我们，他更清楚大自然的本来面貌，更能从中得到愉悦，也更对被扭曲的损害的生态痛惜。

20. 四百多年历史的邓氏宗祠，既是家族祭祀祖先、乡里社交活动、子侄教育的中心，当然也成为文物保护重点

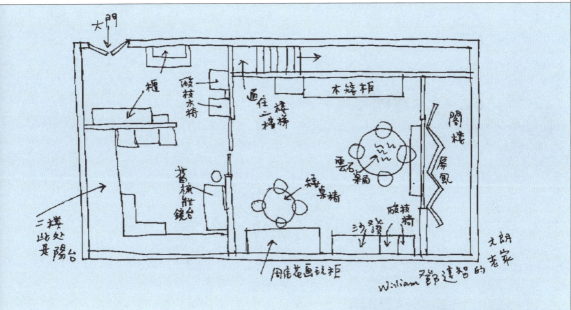

似水流年

　　我们都开始知道，有点年纪是什么感觉。

　　可以坐下来谈到的当年今日，有热炽犹新的，有淡漠空白的，分明都层层叠叠，一不留神，我跟他说，十年，二十年，就如此这般过去——

　　过去何尝不是一种到来，挂墙大钟当年到来的那一刻是流行的款式，青白格阶砖地更在昔日家家户户叱咤一时，懂得如何光彩地到来，选择如何恰当地过去，攻与守，进与退，咦，扯得有点远了。

21. 单是地阶纹样已经可以叙述一个消逝的年代
22. 时间的河，慢慢地流

厨房舞台

今天我们做的是柠檬烤鸡。

首先我们用盐巴和胡椒来给这从市场买回来的颇有分量的新鲜肥鸡按摩按摩,然后把它风干一下。我们接着把原汁柠檬在表皮上打洞,连同大蒜和迷迭香草塞进鸡肚里,再把红萝卜、洋葱、马铃薯等配菜切好,放进烤盆里肥鸡的旁边,淋上适量橄榄油,烤炉180℃预热一下,正式烤他半小时,看看熟了没有、焦香了没有——

我爱厨房，炉灶旁的"观众席"也就是
觥筹交错的热闹的舞台中心

　　这个厨房的精彩出品当然不止柠檬烤鸡,记忆所及,我在许心怡和施舜晟这个家与从前的家,分别在早晨、中午、晚上及深宵,先后吃过摆满一桌的现做冷热小菜伴地瓜粥、苹果派配上好咖啡、大虾冬阴功汤、各式意大利面,比路边摊还要路边摊的贡丸汤、米粉汤、肉粽、肉圆,还有传说中众口称颂的自家秘制麻辣锅,现做烧饼、现烤月饼……饿了,要在温暖的家的环境和气氛里吃顿好的,就来这里。人少的时候,可以静静地听着音乐、喝着红酒,更常见的是人多热闹,心怡在大家都看得见的厨房里好像不费力气地左弄弄右弄弄,变出一盘又一盘的美味,饱了吃不下还可以带走。——其实大家常常都赖着不走,这里不仅是个开放厨房,旁边还有足够把你团团围住的好书、好杂志,有坐得舒舒服服的木头单椅和扶手藤椅,有上佳音响器材、上好爵士乐古典乐,有浓的酒、香的咖啡,有老朋友的默契、新相识的兴奋,暖暖和和拥拥挤挤,家的感觉在这里更立体、更全面。

传说中的麻辣锅

　　麻辣锅,私房秘方的不一样的麻辣锅。

　　一批又一批朋友进来,吃到饱,从傍晚六点半吃到凌晨四点,够夸张了吧。我错过当日盛会,但在听心怡笑着忆述当日大伙儿怎么一下就吃掉

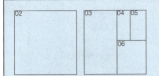

02. 落地玻璃大窗，把清晨阳光和满园绿意欣然引进屋内
03. 闲适随意，生活当中常常有动人的颜色和画面
04. 再忙也要好好地照顾盆栽植物，争取和自然多一点接近
05. 谁躲在谁后面？谁一马当先站出来？在这个公平开放的小天地里，都没问题
06. 独立的两层楼房，难得还有门前的院子和苍翠绿树

了满满十二盘肉，还有其他的料，尤其精彩的是熬出那锅要命的汤底的过程，我简直听得目瞪口呆、心花怒放。

还是久居重庆的心怡的姑姑传授的秘技：先炸一锅新鲜猪油，把漂洋过海（其实是空运）来的地道豆瓣酱、甜酒酿、新鲜辣椒、干辣椒、花椒一并放进，炒他三十分钟到四十五分钟，心怡的改良版还放一点玉桂枝，别有幽香。厨房里香的辣的呛的简直就是个火药库，材料炒好后与另一锅用牛骨头熬出来的清汤混在一起，再熬他五十分钟，然后放入鸭血和豆腐，用闷火一直一直在烧。大伙各就位，辣红了脸、辣得冒汗还是不停地吃，心怡在厨房忙完了，一边喝着冰红茶一边跑去挑一张更激情的南美音乐放在唱盘上，火上加油。

心怡十七岁那年，一个小女孩在厨房里弄出两桌大酒席，都是湖南传统宴客菜式：连锅羊肉、珍珠丸子、玉兰片、散翅羹、咸芋泥、有猪肝泥的蛋花汤……做大厨的父亲那年左手中风，活动不很方便，就站在厨房里在心怡背后指点，给了她一个"上位"机会。

其实心怡早就把傅培梅的食谱几乎全背了，掌握了基本原则之后就开始挑剔，决意不做书中勾芡太多的漂亮菜，还是自家发明创新的家常菜比较有趣。她从最爱的南门市场的干货、湿货摊子一直逛到纽约的大型超市，在五花八门千奇百怪的饮食材料、配料和调味香料中兴奋不已。买菜做菜这个变化多端又干净利落的日常动作，

让一家人、一票挚友都吃得满足、吃得高兴,收获最大的其实是心怡自己。

穿上围裙走入厨房,心怡有她的原则。一是把这件事永远保留作兴趣不要当职业,否则乐趣全无。小时候父亲一度经营自家小餐馆,那段日子太累太算计,终于发觉厨房还是在家里最好。二是在家里吃吃喝喝不要讲究排场布置。高档碗碟餐具系列成套,宾客正襟危坐谈吐优雅的场面在这里是不会出现的。回到家里就得随意放松,施妈妈做的陶瓷手工盘子盛满的鲜虾意大利面一上桌就被吃光了,就再来做一盘别的,弄个半现成冬阴功汤也不错。——心怡当然知道什么是精致饮食(Fine Dinning),但她更乐于发明创新,特别是用半现成的生食熟食变出又快又好的菜式;即食水饺有十种或以上的吃法,罐头汤料做海鲜饭,还有啤酒鸡可乐鸡等学生食谱,大小通吃,当然高级一点有亲手做的烧饼,现烤的用莲蓉包着QQ的藕粉团做馅的月饼,绿茶跟黑芝麻在一起也很不错,那回一个下午做好二百多个月新鲜热辣大派街坊,算是破了个纪录。

不要误会心怡是一天到晚守着厨房的乖乖主妇,她清华中文系毕业,几年媒体经验后再到纽约进修媒体研究,从报纸杂志到电视台,从资深记

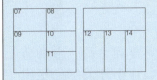

07. 他买的书、她买的书,堆在一起都是好看的书
08. 一地阳光一室音乐,一进家门就把外头的烦俗暂且放下
09. 墙上挂的木头杯柜,当然又是男主人的杰作
10. 这里没有高档大师经典家具,也从不为炫耀布置刻意雕琢,在混乱之前随便收拾一下,生活本就这样
11. 进门后这个空间功能开放,说它是工作室、书房、客厅、游乐场都可以
12. 楼下客用的小小卫生间,简单细致
13. 一床热热闹闹的颜色,高兴就是高兴
14. 施老师最爱亲力亲为木工手作,柱子三面就自然成了存取方便的CD架

者到专栏作家,现在是著名女性杂志的当家总编。工作是工作,厨房是厨房,家是家,当中关系微妙,争分夺秒又互为平衡补足,但心怡强调的是,随着年龄和经验的增长累积,从前在外头在意的力争已经没有意义,工作报酬只是衡量一个人成绩的外在标准,最重要的是自觉是否在做有趣的好玩的想做的事,生活的感觉,居家的品质现在最为看重。一向乐观的心怡笑着认真地说,累坏之前身体会发出警告,总不能出去玩的时候是最老的一个,看医生的时候却是病房中最年轻的。

剖柚子的老师

施舜晟施老师,我们其实常常叫他施同学。

这位同学正在为大家剖开一个柚子,顿时清香满桌,大家急不可待拿柚肉入口,甜脆多汁。施妈妈在旁跟我们解说最好的白柚是麻豆文旦,柚肉最好蘸酱油吃——如此说来我记起小时候外婆也这样教我们吃柚子,蘸的还是稠稠如膏的极品的酱油。

家里的厨房是心怡的舞台,施老师的舞台是真正的有歌有舞有戏有剧的舞台。施老师早年念的是文化大学戏剧系,是学校里话剧社的社长,活跃于舞台幕后。退役后开始在艺术学院当助教,兼任校内大型演出的舞台监督。一路下来舞台就是另一个家,而且不是随随便便开灯关灯放把椅子放张桌子的家。舞台是一个重视技术的绝对专业的家,需要大量的人力资源时间配合,必须按部就班,稳扎稳打。施老师认定了自己要走的路,在耶鲁大学戏剧

水泥楼梯髹上清漆，朴朴素素是这里的基调，楼梯间干干净净，放了几张小画点缀生气。

包括别家好友的需要和习惯，室外留住了老树增添了大片小片的绿，室内地下一层基本是开放的两大区域，楼上是卧室和卫浴。其实这里还有窄长的后花园，天台顶层也曾经有过加盖的想法。施老师确认了自己一向对家居室内的专注，即使是学生时代南北搬来搬去，小小一个房间也要"像样"，用最省钱的方法最没装潢也会把宿舍变成楼中楼，玩玩空间结构。如今面前有这样一个空间，自然更玩得顺心惬意，有了好的室内骨骼，其他的生活细节、日常游戏就更顺更自然。

还有那香香的酥酥的——

我们怎样也叫不出我们在吃的那香香酥酥的究竟正式叫什么名字。软软的烙好的面粉皮，包着花生酥、香菜、麦芽糖，该还有一点芝麻吧，自成一卷厚厚的，放进口，一口酥香。

系再进修三年，专攻舞台技术，回来后一直任教艺术学院，近年更成为台湾大学戏剧系的老师，用心用力培养新一代的舞台工作者。

施老师笑着承认自己是严格得有点"保守"的人，坚持技术必须与创作同步，稳妥配合，但看来他在设计安排自己的家居生活空间的时候，却的确是比较轻松自在的，放得下专业身段，得心应手地安排出一个舒服有趣的起居环境，当然，厨房餐桌，还是聚光焦点所在。

位于信义区靠山边的一幢老房子，原本是施老师一个朋友的老家。有点传奇地相互"交换"了房子之后（这个精彩故事有机会再说），施老师就计划把这里简单而又细致地重新规划间隔。由于太清楚了解自家两人

小时候外婆做的最好吃，电影院门前买来的也不错，如今难得有人还在做这个卖，买了在家里得赶快吃，潮了就不好——由爱吃开始，也因为爱吃，可以一直维持这种互相呵护接受、共同成长的感情／家居关系。心怡自小跟着到处跑的大厨父亲，家是一只随身的皮箱，吃得饱就好，反正也对家的稳固在地的状态没有固执坚持。自小在高雄眷村长大的施同学爱家恋家，但也随时准备上路出发，找寻一个新的家的环境和感觉。就是因为知道拿得起放得下，就更加珍惜，面前胼手胝足立室成家的这个经验，经验有天会变成回忆，回忆总是美好的。

男人在家

男人大丈夫，可以志在四方，也可以留在家里。

我跟施老师说，做老师真好，起码有寒假、暑假，一年里头好像有很多"额外"的时间可以花，花得起，像年轻的学生一样。

施老师微微笑，不回答我这个蠢问题，其实要放假，说自己生病也可以留在家里，留在家里可以做的事也实在太多，放假真的不用一味往外跑。家里的各种水电土木工程，厨房里的大江南北甜酸苦辣，院子里的花草树木四季枯荣，还有作为一个男人的情感上、生活中的纠缠与果断，暴烈与温柔……

16. 随时随地，提笔把面前环境和感觉记录，日常功课有如呼吸
17 – 18. 厨房可不是男人禁地，今天施老师当副厨
19. 发烧程度第几级？

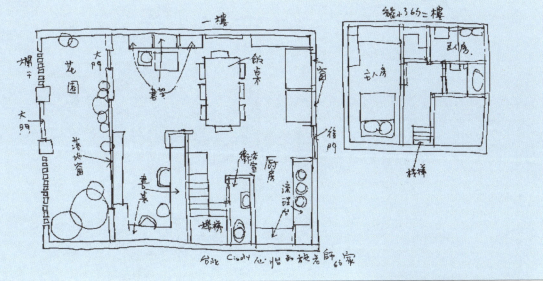

欢乐食堂

一通电话，跟食堂的男女主人说，我们要来吃喝。

有这样爽快直接的朋友，真糟糕也真快乐。借口分享，当然就可以登堂入室，像回到家里一样坐着躺着，等餐桌上堆满一道又一道精彩美味的甜点、主菜、前菜、零食，对，这个食堂是没有一般上菜的程序的，菜做好了就吃，菜未做好也会被抢吃偷吃，快乐没规矩，作为食客的最懂得。

20. 主厨出动，今天要搬出团体菜食谱，满足十个大人小孩的馋嘴需要
21. 又快又好吃又好看，番茄大虾意大利面和柠檬烤鸡，心怡的随手家常本领
22. 大家高兴，中午也来一小杯
23. 几家老友聚首，笑谈吃喝，是这里惯常的场面

乡土来去

许多许多年之后,我想我还是会清楚地记得这一个傍晚这一个场景这一个画面。

北京城北郊燕山脚下,京密引水渠旁,桃花坞风景区中的小小一个村落叫作上苑。才下午四五点,天已全黑,室外零下五摄氏度,友人带着我,从这一家到那一户,先打招呼道明来意,探访的都是画家、雕塑家、艺评人、收藏家、诗人、学者的工作和生活的家。最后,我们在严寒中推开一道冰冷的铁门,走过一片空空的菜地,昏暗中面前有单独一幢窄长的平房,走近当中一个门缝透出灯光的门口,掀起厚厚的挡风门帘,面前满眼是盛夏的绿——

儿时的路,乡野的路,通往艺术追求的另一个境界

　　绿得满田满垄,绿得毫无保留,绿得叫人亢奋、叫人动容,是因为久居城市的我对郊外的绿有一种情意结?何况面前的绿是如此具体、如此真切,菜地里茁壮的、田野间茂盛的,有机的生长中的绿,是画家韩旭成致力在画面中呈现的一种乡居生活的情景状态。面前大幅大幅系列油画作品都是以农地为题材,对,不是收割好的菜蔬乖乖地放在桌上静物写生,却是以肥沃厚实的土地作为背景现场,淳朴写实自然,也不必深究这里那里象征什么暗喻什么,豆角是豆角,黄瓜是黄瓜,没有下化肥种出来的玉米特别清甜。——固然室内有暖气暖着身子,最叫人心里暖和稳妥的是田野间盈眼的绿。

情系田野

　　在这个聚居了几十户艺术家、创作人的京郊村落中,韩旭成算是"新移民"。二〇〇〇年三月他先搬来,八月再把两个孩子从河北老家邯郸接到这里,租下了面向一大片菜地和鱼塘的一幢平房,在这里重新建立一个属于自己和孩子们的家。

　　旭成的画室旁边的小小卧室里,壁上挂着他自家写的一幅字,大笔疾书"人间何处有真情"——这是一个他的发问,也是一个思考吧。作为一个艺术家,艺术创作的追求无边际无止境,随心随意,但作为一个确切地

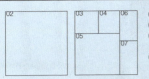

02. 脚踏实地开步走，累了当然有车代步
03. 实实在在的田间景致，就在门外，也在面前
04. 画室一角是客人来访安坐的沙发，有茶有烟，天南地北
05. 另辟一室陈列作品，面前系列作品是韩旭成一年来的心路历程
06. 租来一幢简单平房，居家和画室，艺术与生活，紧紧结合
07. 回归乡土，重新出发，韩旭成怀着一颗赤子之心，此刻有的更是坦荡与宽容

生活在当今现实中的人，他必须面对的是生活，是工作，是感情关系，是对父母、对儿女的责任。

跟艺术家们把酒言欢风花雪月固然是人生乐事，但我更愿意深入认识了解他们如何日常地生活，如何处理艺术理想与现实利益的冲突，如何平衡，如何妥协，又如何再面对自己、挑战自己。

他有过一段不如意的婚姻，以离婚结束并由他主动争取两个子女的抚养权，为的是"让她可以更好地开始新的生活"，他一脸认真地说。他有过生意失败的经历，本来打算经济收入充裕、家庭稳定之后，才再开始投入他自小沉迷的绘画创作中，怎知他投资经营的废钢生意前景暗淡，撑下不去。处处碰壁，旭成一度想过要出家，但始终放不下一对小儿女。路，还是崎岖起伏的，要一步一步走下去。"人间何处有真情？"毕竟他最清楚了解，还是绘画的过程最能抚平他心里种种不安不快，唯是创作才能更贴近本来的自己。

选择搬到这里远离繁华闹市的"边沿"地带，一方面是能够减少日常开支，以最简单的方法朴素地生活，另一方面是村前村后都有艺术圈中的哥儿们，同路一家人相互扶持照应。

新家安顿下来，旭成一直在心中盘算

酝酿怎样再重新踏出艺术创作上的另一步。当今现代艺术圈中沸沸扬扬的热衷的是抽象、是概念、是装置,但对旭成来说这真的是他要说的话吗?本就来自农村的他,自小看着作为村支书的父亲工余能写能画,从来喜欢自家涂涂画画的他高中毕业后就一心投考美术专业,可惜一直没有考上。后来他在邯郸市的群众艺术馆学习班修业,也曾一个人背着一百三十斤行李(当中包括厚厚画纸、超重画具),口袋里只有二百多块,南下流浪至四川、云南,一路观察写生。说起那些浪荡的肆意豁出去的年轻岁月,旭成眼里还是闪着兴奋的光。

然而,一路风风雨雨,世界不一样了,自己也不一样了,唯一当中未曾改变的,也许应该说是回过头来重新发现认识的,是那叫人可以脚踏实地的乡间泥土,是农地里茁壮茂盛的蔬果作物,儿时熟悉不过的如今又再次就在家门前,眼前不只是可以入画的风景,根本就是内容主题,是创作方向,是不老情怀。情系田野,绿意盎然,并不是城里人偶尔来郊外散散心过一天半天田园生活,旭成选择的是以这里为家,从这里再出发,真心实意绘画自己有所触有所感的一年四季生死枯荣,也就是这么简单,就是震撼了在他的画作前被摄住了的我。

无所求有所得

在他的工作案头看到几张老照片,黑白照上是当年浪游的不羁少年,彩色照上是经商时期的他,白色西

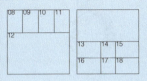

08. 烟抽得有点凶，包装纸成了便条纸
09 + 10. 日常作画器物，不经意都有情知人意
11. 油画创作之外，不忘勤奋笔墨功夫
12. 用心用力，调出一年四季好颜色
13. 卧室另一端是靠窗的书桌，小小书房案前为创作做好知性的吸收
14. 两杯暖暖清茶，悠悠几根烟
15. 简单床铺，累了就睡，无所求，有所得
16. 还有一室用作储存画架画具材料
17. 节约就是好，自家制天线接收器，功能无损
18. 储物间堆满用作燃料的枯枝与煤砖

装笔挺，风流倜傥。跟我面前的沉实敦厚的他，相互引证对照，能够如此更接近一个新相识的朋友，这是我的幸运——

其实冒昧地闯进别人的家，触及的目睹的都是实实在在的日常。尤其这幢简单不过的平房，房间就是一间接一间地排开，有点像小时候课堂的感觉：当中有画室，有画廊，有自家和孩子各自的卧室，有厨房、卫浴，有存放画具、柴枝煤砖等燃料的储物间。尝试用学术的理论的一套去区分什么形式追随功能又或互换都显得无聊。这里就是生活本身，有限的资源，简单快乐的，活得好好的。

这里有自制的电视接收天线，把烟盒拆开当便条纸，孩子卧室的小玩具散挂在墙上有如某某艺术馆里面大师的艺术装置，墙上随意挂的风干了的玉米、丝瓜都美得大方磊落，就连冬日的阳光在地上这端爬到那端，都煞是好看。——因为这里没有雕饰，没有炫耀，这里的简约不是小家子气的久经设计推敲的，率直坦荡就是如此，我折服我惭愧我感动，在二度打扰的一个依然严寒但阳光灿烂的冬日早上。

午饭时间喝二锅头我是头一遭，村里小饭馆的下酒小菜竟然不错。我告诉旭成我肯定会再来：在初春，在盛暑，在深秋，更不怕寒冷冬日，期盼面前出现的是画中的田野中的可爱的盈眼的绿，乡土来去，人情依旧，因绿结缘，我庆幸遇上。

厨灶也是简单方便的配备,每天清早,父亲都先起床为孩子准备上课前的早饭

世界真大

孩子们上学去了,我走进姐弟俩的小房间里。一如其他孩子的私家地方,快乐的混乱。

跟着爸爸,从城里到乡下来,习惯吗?开心吗?我问,她和他腼腆又率真地回答。其实孩子们最容易适应,最容易在自我构建的空间里快活。只要给他们适当的关心照料,不必有太多规矩限制,让孩子们自己认识、发现、探索、想象,明天更好,一如世界真的很大。

20. 姐弟共处一室共用一张书桌,墙上贴满彩色画片和学校奖状。父亲为这简陋的居住条件耿耿于怀,但孩子有慈父在身边已很满足快乐
21. 小小地球仪转呀转,天大地大等着孩子去闯荡
22. 孩子的卧室,墙上散挂着心爱玩具

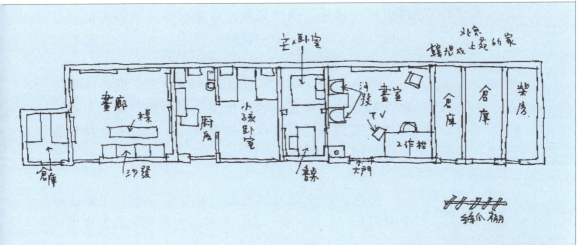

生活装置

就像小时候看的听的童话故事一样,我听旭成在述说去年那一棚丝瓜长得前所未有的多壮多大,就挂着让它风干了,跟那实在饱满漂亮的玉米随意就放在那里,不经意,就成了好事的城里人眼中的装置艺术。

坦荡荡,生活就如此这般地陈列,好好坏坏,都不怕给自己让人家看到,一路走过来,还是自己最懂得什么叫亲叫爱,自己最应该照顾自己。

23. 超长的丝瓜,如蜜的柿子,乡间生活,自然的美
24. 冬日秃秃的菜地,想象春夏的油绿
25. 走过浪荡的日子,今日回首,悲喜都是人间经验
26. 乡土来去,相信自己的选择

后记

如何敲门，原来是个学问。

并非有什么秘技，最需要的是诚恳。无论如何专业，我也没有把家访当作工作，就让它还原为一种往来对话，一点好奇八卦，一个发问一个回应。家事从来琐碎，也因此趣味盎然——实在感激每一个把家门打开把我好好款待的朋友，有好菜有好酒，斗室天地宽，过去现在将来，谈得兴起，希望这面前的图文记录可以捕捉和呈现当日的惊喜感觉。

而当每次在朋友家里谈得天南地北，摄影师小包就开始以他的细密心思与角度，把面前的空间布置，具体而细微地记录演绎，能够图文并茂，不能没有路上这位知心好拍档。

在此实在感谢黎智英先生和斐伟先生，促成这原来是周刊专栏的一批作品，也感谢大块文化的郝先生、廖公和惠贞小姐在编辑结集成书以来的鼓励和协力。

为本书设计制作花尽心思的浚良和千山，能够跟他们一起合作较量切磋实在刺激，一路上安排提点的拍档兄弟 H 和留守家里的总指挥 M，是我要上路和要回家的主要原因。

应霁
二〇〇二年十一月

Home is where the heart is.

01 设计私生活
上天下地万国博览，人时地物花花世界，
书写与设计师及其设计的惊喜邂逅和轰烈爱恨。

04 半饱
生活高潮之所在
四海浪游回归厨房，色相诱人美味DIY，
节欲因为贪心，半饱又何尝不是一种人生态度？

02 回家真好
登堂入室走访海峡两岸暨香港的一流创作人，
披露家居旖旎风光，畅谈各自心路历程。

05 放大意大利
设计私生活之二
意大利的声色光影与形体味道，
一切从意大利开始，一切到意大利结束。

03 两个人住
一切从家徒四壁开始
解读家居物质元素的精神内涵，
崇尚杰出设计大师的简约风格。

06 寻常放荡
我的回忆在旅行
独特的旅行发现与另类的影像记忆，
旅行原是一种回忆，或者回忆正在旅行。

Home 系列（修订版）1-12 ◉ 欧阳应霁 著
生活·讀書·新知 三联书店刊行

07　梦·想家
　　回家真好之二

采录海峡两岸暨香港十八位创作人的家居风景，
展示华人的精彩生活与艺术世界。

10　香港味道 2
　　街头巷尾民间滋味

升斗小民的日常滋味与历史积淀，
香港美食攻略地图。

08　天生是饭人

在自己家里烧菜，到或远或近不同朋友家做饭，
甚至找片郊野找个公园席地野餐，
都是自然不过的乐事。

11　快煮慢食
　　十八分钟味觉小宇宙

开心入厨攻略，七色八彩无国界放肆料理，
十八分钟味觉通识小宇宙，好滋味说明一切。

09　香港味道 1
　　酒楼茶室精华极品

饮食人生的声色繁华与文化记忆，
香港美食攻略地图。

12　天真本色
　　十八分钟入厨通识实践

十八分钟就搞定的菜，以色以香以味诱人，
吸引大家走进厨房，发挥你我本就潜在的天真本色。